Estranhos no cais

Tash Aw

Estranhos no cais

Retrato de uma família

tradução
Marcela Lanius

todavia

I.
O rosto

Pom mai ben Thai. Watashi no nihonjinde wanaidesu. Jaesonghaeyo, han-guk saram ahniaeyo. Bukan orang Indonesia. Ma Nepali ta hoina.

Formas de dizer aquilo que não somos, e de começar a história daquilo que somos.

I

Estou em um táxi em Bangkok. Meu companheiro de viagem — branco, europeu — é fluente em tailandês, mas toda vez que ele diz alguma coisa o motorista responde direto para mim. Balanço a cabeça. *Pom mai ben Thai.* Não sou tailandês. *Not Thai.* Ele continua falando comigo, não com o homem ao meu lado. Sou o conduto passivo nesta estranha conversa tripartida.

Estou no Nepal, nas montanhas a oeste de Pokhara. Um professor do vilarejo insiste que eu sou gurung, grupo étnico de soldados e pastores de ovelhas. Sou da Malásia, respondo em protesto. Tem certeza? Vai ver o seu pai foi um soldado gurkha que lutou contra os comunistas malaios. Mais tarde, encaro meu rosto no espelho pela primeira vez em uma semana: minhas bochechas estão rosadas e queimadas de sol depois de longos dias de trilhas em altitudes elevadas, meus olhos semicerrados contra a luz brilhante. Aos meus olhos, pareço um estrangeiro — ou, melhor dizendo, um habitante local. Vai ver sou mesmo um gurung.

Estou embarcando em um voo da Cathay Pacific que vai de Xangai a Hong Kong. Os agentes do portão de embarque são da China continental e me dão tchau em mandarim, mas, dali a uns vinte metros, os comissários de bordo esperando na porta, que são de Hong Kong, me recebem em cantonês. (Eu reparo que a maioria dos outros passageiros que parecem ser chineses não recebe esse tratamento bifurcado.)

A questão é o meu rosto. Minhas feições são neutras, pouco pronunciadas, o tom da minha pele é movediço — pálido nas regiões sem sol mais ao norte, porém bronzeado rapidamente um ou dois dias depois de desembarcar nos trópicos. Na paisagem cultural da Ásia, meu rosto se dissolve: no leste da Índia, minha identidade se torna maleável, moldando a si própria para se adequar às pessoas ao meu redor. Às vezes me pergunto se, quando ajusto meus trejeitos e comportamento na tentativa de me misturar, não acabo colaborando para esse processo sem nem me dar conta; num festival de literatura que aconteceu no ano passado em Tóquio, percebi que concordava respeitoso com a cabeça enquanto uma pessoa qualquer na rua me dizia como chegar a determinado lugar, quando na verdade eu não compreendia uma única palavra que estava sendo dita. Me pergunto se lá no fundo eu não gosto de ser confundido com um habitante local, apesar da frustração que sinto quando ninguém parece saber, ou mesmo se importar, de onde eu venho. Em alguns países, como na Tailândia, onde consigo alinhavar algumas frases básicas no idioma local, acabo imitando o sotaque da região, o que deixa as pessoas ainda mais confusas. Mesmo assim, é algo que também as deixa felizes. É *same-same*, que nem a gente, elas declaram bem-humoradas quando minha identidade é enfim revelada. Circulam a própria face com o dedo indicador: o meu rosto é o rosto delas.

Same-same, que nem eu. Vai ver a questão não é tanto o nosso rosto, mas sim o nosso desejo de querer que todo mundo seja como a gente. Queremos que o estranho seja um de nós, alguém que a gente seja capaz de compreender.

2

Meus dois avôs viviam às margens de rios vastos e lamacentos nas entranhas do interior da Malásia, um em cada lado da cordilheira de florestas densas que divide o país em duas partes. Um deles tinha uma loja, o outro era professor no vilarejo. Um vivia em Perak, numa cidadezinha chamada Parit, não muito distante de Batu Gajah, que por sua vez fica perto de Ipoh, a capital do estado; o outro teve uma existência mais peripatética, pulando de uma cidade remota no meio da selva para outra — Tumpat, Temangan — antes de fixar residência em Kuala Krai, no coração do estado muçulmano de Kelantan, na longínqua costa nordeste do país. Um era hokkien, falante do *min-nan hua* da província de Fujian, o outro era da ilha de Hainan, o território mais ao sul da China, já bem próximo da costa do Vietnã e a poucos dias de barco da Malásia pelo Mar da China Meridional.

(Uma pequena observação: hokkien, hainanês... e ainda cantonês, hakka, teochew — as discrepantes raízes regionais dos imigrantes chineses no Sudeste Asiático. Não se esqueça delas; são importantes para esta história.)

Em algum momento dos anos 1920, meus dois avôs fizeram a perigosa viagem de barco do sul da China até a península da Malásia. Eram apenas adolescentes quando fizeram a travessia, fugiam de uma China assolada pela fome e estilhaçada pela guerra civil. Duvido que as famílias dos dois estivessem a par de toda a confusão política que tomara conta da China durante a época dos Senhores da Guerra. Talvez soubessem que a dinastia Qing tinha acabado não fazia muito tempo, que já não havia mais um imperador. Mas não devem ter compreendido o que significava viver nas ruínas recentes de mil anos de domínio imperial, não devem ter compreendido as complicações do conflito cada vez mais acirrado entre o Kuomintang nacionalista de Chiang Kai-shek e o Partido Comunista, que vinha ganhando poder. Não sabiam que estavam vivendo tempos de grande gravidade, a era que acabaria com todas as eras, o início de um romance cujos capítulos principais só hoje estamos enfim conseguindo ler. Era o momento em que a China começava a trilhar o caminho que, cem anos mais tarde, a levaria a dominar o imaginário mundial; mas eles não chegariam a ver o seu país se transformar na fábrica do mundo, no principal mercado consumidor de produtos de luxo, na segunda maior economia do planeta, atrás apenas do poderio dos Estados Unidos. Naquele intervalo de poucos anos, com a vida adulta pela frente, eles queriam apenas escapar da pobreza avassaladora.

E as rotas de salvação daquela época levavam, quase sempre, às terras cálidas e fecundas que se espalhavam ao longo de um vasto arquipélago ao sul da China, onde os imperadores chineses haviam estabelecido uma rede centenária de rotas comerciais e uma arcaica hierarquia baseada em estados vassalos e estados tributários, cujo epicentro eram os portos de Singapura e Malaca. Uma terra prometida, conhecida pelos chineses como *Nanyang*, os Oceanos do Sul.

Às vezes, quando desembarco em Nova York ou Xangai — antigas cidades portuárias que atraíram gerações de imigrantes —, me pego tentando reconstituir a chegada de meus avôs às docas de Singapura, um lugar desconhecido cujos sons e cenas, todavia, devem ter trazido um alento inexplicável. O clima: quente e úmido, tal qual o dos longos verões das terras de onde vieram. Não será um lugar de estações amenas, não haverá como escapar do calor e da chuva, mas eles ainda não sabem disso. A paisagem: árvores sempre-verdes de folhas enormes e canais fluviais, a proximidade do mar. O cheiro: de terra molhada e vegetação deteriorada; de comida, de possibilidades. Porém, acima de tudo, são as pessoas que fazem os dois sentirem que podem viver aqui. Esta é uma colônia britânica, só que era — e ainda é — uma cidade de livre comércio. Estrangeiros chegam sem grandes dificuldades, encontram trabalho sem grandes dificuldades; e aqui ficam. Construída sobre os oitenta anos de imigração chinesa desde o estabelecimento da administração britânica e do desenvolvimento de recursos naturais pelo governo colonial, Singapura é repleta de chineses — operários, *coolies* estivadores, descendentes de trabalhadores que serviam nas plantações e nas minas de estanho da Malásia, mas também mercadores e comerciantes, artistas, escritores. Há jornais chineses, lojas chinesas que carregam placas chinesas pintadas com elegantes ideogramas tradicionais, escolas chinesas, até mesmo um banco chinês — o Overseas Chinese Bank. Meus avôs não são os únicos e, verdade seja dita, estão a muitas gerações de distância dos pioneiros.

Daqui eles vão atrás da pessoa cujo nome e endereço receberam. Anotaram essas informações num pedaço de papel, o bem mais estimado que possuem. Todas as outras pessoas que vieram no barco têm um pedaço de papel semelhante com o nome de um parente, ou então de alguém do vilarejo que imigrou um tempo atrás e firmou residência em algum canto de Nanyang. Mas para onde ir, como encontrar essas pessoas? Ninguém conhece ainda a geografia deste lugar desconhecido-porém-familiar; ninguém sabe se Kota Bharu fica muito longe de Singapura, ou se Jacarta fica mais perto de Malaca do que de Penang. Bangkok fica em algum lugar mais para o norte, mas a que distância? Eles se demoram nas docas, tentando decidir o que fazer.

Dois estranhos, perdidos em um cais.

Penso com frequência nessa imagem. Por exemplo, alguns anos atrás, quando eu estava no Marrocos, conversando com um jovem em Marrakech. Ele não tinha emprego nem esperança de arranjar um. Queria ir para Nova Jersey; um tio dele morava lá. O plano era chegar a Londres, de algum jeito, e aí "tipo... dar um pulo" até os Estados Unidos. Ou o taxista que conheci da última vez que estive em Jacarta, que pensava que a Grã-Bretanha e os Países Baixos ficavam a cinco, seis horas de distância da Indonésia, e que talvez fosse uma boa arrumar emprego por lá. Eu disse a ele que o voo levava catorze horas; ele não acreditou. Assoviou e disse: Caralho, dá pra ir até a Groenlândia nesse tempo.

Meus avôs. Dois estranhos perdidos em um cais.

Veja, é neste ponto que aquelas identidades regionais — hokkien, cantonês, teochew, hainanês — se tornam cruciais para os novos migrantes vindos da China. Não é uma questão de identidade — não ainda, de todo modo —, mas sim de sobrevivência. O vilarejo de onde vieram e o dialeto que falam vão garantir que eles não pereçam nestas novas terras. Mais tarde, vão influenciar o rumo de suas novas vidas, e muito provavelmente o da vida de seus filhos, quem sabe até de seus netos. Pois a pessoa cujo endereço eles agora estão procurando será um companheiro hokkien ou cantonês, alguém que no primeiro momento fornecerá cama e comida, e depois uma rede de contatos que os ajudará a arranjar emprego. Se essas pessoas não forem parentes de sangue, farão as vezes de família estendida para o migrante que acabou-de-pisar-em-terra-firme. Esses recém-chegados, pelo resto da vida, não vão esquecer suas famílias adotivas, não vão esquecer a mão que lhes foi estendida naqueles primeiros dias. *Tio, tia* — é assim que vão chamar os mais velhos do clã, um costume tradicional chinês praticado com particular zelo aqui em Nanyang, de modo que, mesmo duas gerações mais tarde, seus netos ainda não saberão ao certo se aquela pessoa é um tio ou uma tia de verdade, ou só um estranho que certa vez colocou o avô para dentro de casa.

Muito mais tarde, assim como as casas deterioradas em que vivem, esses clãs aglutinados vão começar a se despedaçar e a seguir rumos diferentes. Haverá brigas de família e as pessoas vão começar a dizer coisas como: ela nem é nossa parente de sangue. As famílias perdem o contato, a prole se casa e vai morar no Canadá, na Austrália, nos Estados Unidos, e não sabe mais como tratar os anciões, não sabe qual honorífico usar com alguém de uma geração mais velha ou mais nova, não consegue falar o dialeto que distinguia seu clã, não sabe nem o que é a culinária teochew, certamente não sabe apontar Xiamen no mapa, e o pior de tudo, não consegue ler o próprio nome em chinês. Vai para a faculdade e quando volta para visitar a família, cumprimenta um tio mais jovem — não um tio de sangue mas ainda assim um tio, talvez até alguém que cuidava das crianças mais novas quando os pais saíam para trabalhar — e o cumprimento é um casual "e aí, cara". É provável que se converta ao cristianismo. Que talvez até se case com um muçulmano. Vai ser um sufoco fazê-la se lembrar de que é hokkien, ou hakka ou seja lá o que for, e a prole vai dizer que isso na verdade não importa, e tudo bem, porque agora mora em Sacramento, em Vancouver, em Melbourne, só que um belo dia vai conhecer um branco que acabou de se formar em Estudos Asiáticos e passou um ano de intercâmbio em Pequim e que vai perguntar: "Qual o dialeto que você fala em casa?". E aí esse menino fala em um mandarim fluente, cheio de expressões idiomáticas que ela consegue mais ou menos reconhecer como *chengyu*, aqueles aforismos de quatro palavras que pairam, feito névoa, nos recônditos da consciência. E aí de repente o cérebro estala e entra no modo de tradução automática, buscando as mesmas palavras em cantonês, só que o significado nunca desponta da escuridão e a cabeça dá mil voltas, buscando sem parar, girando e girando pelas memórias que nem aquele disco na tela de um computador travado, e não devolve as respostas que deseja. A prole pensa em ligar para os pais via Skype e perguntar, o que será constrangedor, pois a verdade é que nunca fez um esforço para aprender o dialeto, mas agora não há outra opção porque — adivinha só — o Google Tradutor não sabe teochew. Então no fim acaba ligando, só que os pais não atendem, eles não levam jeito para tecnologia, não sabem como usar seus novos iPads, e *Game of Thrones* já vai começar, e aí já era.

Só que mesmo assim aquele breu permanece nos pensamentos, incubado, constante.

Por ora, as coisas são mais fáceis. Você sabe quem você é, portanto vai atrás da sua própria gente; sua parentada, seu *kakinang*, vai te ajudar. Encontre-os, fique perto deles e tudo vai dar certo.

Meus dois avôs deviam ter um nome e um endereço anotados num pedaço de papel. Mas quem eram essas pessoas? Quem foi o sujeito hokkien que instruiu meu avô, por meio de amigos ou parentes, a subir a península da Malásia até a cidade de Ipoh, aninhada em um vale com rochas de calcário onde pipocavam minas de estanho e onde os cantoneses eram maioria? Quem foi o primeiro *hainamnang* a firmar residência numa cidade remota na beira de uma selva no meio da região islâmica no nordeste longínquo, onde o território malaio confinava com o Sião? A gente não sabe, mesmo. Vai ver o tio do avô de um dos meus "primos" de infância até saiba, mas talvez tenha alguém que — é, eu... a gente vai ter que perguntar por aí.

É sempre assim. Eu pergunto para alguém, esse alguém pergunta para um outro alguém que pergunta para mais alguém, mas a resposta é sempre a mesma: a gente não sabe.

3

Estou na sacada do apartamento dos meus pais em Kuala Lumpur, conversando com meu pai sobre a infância dele. É um acontecimento raro. Não tanto a conversa em si, embora também seja um fenômeno recente, como um luxo adquirido nos últimos anos, agora que nós dois estamos mais velhos, menos antagônicos. Papear tranquilamente, sem propósito específico nem hora para acabar, é algo ao qual ainda não nos acostumamos, algo a ser saboreado só de vez em quando, e com grande cuidado.

O que este momento raro tem de mais precioso é que meu pai está falando do passado — do passado *dele*. Somos modernos em nossa visão de mundo, à primeira vista até ocidentalizados; mas, no fundo, somos uma família chinesa tradicional, e isso transparece com mais clareza na maneira como interagimos entre nós, nas coisas que revelamos sobre nós mesmos. Não admitimos fraqueza ou tristeza. Coração partido, depressão, dúvidas existenciais — são assuntos que pertencem a culturas diferentes e gerações mais jovens, pessoas instruídas que conhecem Freud e terapia e legumes orgânicos. A vulnerabilidade é algo vergonhoso, até mesmo um tabu; e, no espectro das falhas humanas, a pobreza é o pior dos defeitos. O que está quebrado, ao passado pertence.

Aquilo que nos identifica como habitantes da Ásia que pertencem tanto à tradição como à modernidade é a forma como manuseamos as costumeiras características asiáticas da discrição e do silêncio para satisfazer nossa existência de classe média contemporânea. Isso, afinal, é o que acontece ao nosso redor, não só na Malásia, mas em toda a Ásia Oriental. Agora que somos ricos, não falamos do passado; estudar a história significa olhar para trás, e nós só queremos saber do futuro. Vai ver é assim que a China consegue lidar com uma coisa tão monumental, catastrófica e devastadora como a Revolução Cultural, sugiro ao meu pai. (Por ora, decido evitar o assunto do passado dele: falar sobre os traumas históricos do outro talvez seja uma estratégia mais adequada para abordar a vida dele.) Talvez a Revolução Cultural tenha sido tão dolorida para as pessoas que a vivenciaram que é mais fácil simplesmente suprimir as memórias que têm dela, em vez de digerir tudo o que ela acarretou, porque revirar isso deixaria a consciência delas sem espaço para mais nada. De modo que, para elas, é mais fácil só desfrutar das riquezas de agora, das bolsas e apartamentos e viagens e boas escolas e restaurantes. O passado é doloroso, o presente é confortável. É uma questão de praticidade: elas só querem seguir em frente.

— Não — meu pai responde. — Não é praticidade. É vergonha.

A resposta dele me deixa sem palavras. Não estou acostumado a tanta franqueza, até porque ela parece conter um quê de confessional, um prelúdio para uma abertura ainda maior. Quando eu era criança, sempre quis que a gente pudesse ser mais sincero e cheio de grude com nossos pais, assim como as famílias americanas que apareciam em *The Cosby Show* e em outros programas que víamos na TV, mas agora sinto um incômodo repentino, como se eu tivesse invadido um território que deveria ter permanecido intocado. Um pedaço de mim quer pegar o iPhone e começar a gravar o que meu pai vai dizer, mas não, só fico ali sentado, aguardando; a fragilidade paira no ar.

Meu pai me conta suas memórias mais antigas — de ter sido criado por parentes distantes nas remotas cidadezinhas perto das selvas do norte enquanto seu pai percorria o país inteiro atrás de emprego e sua mãe morava em outro lugar cuidando dos irmãos mais novos. Ela não tinha tempo nem meios de cuidar do meu pai, o mais velho de quatro filhos, e naquela época ele já era grande o suficiente para viver longe de casa. Ele tinha sete, oito — não, nove, dez anos. A verdade é que não consegue se recordar muito bem.

Uma coisa da qual consegue se lembrar é de estar a bordo de um barco que saiu de Singapura — é, deve ter saído de Singapura — até Kelantan, o estado na ponta mais extrema da região nordeste, onde a família iria firmar residência. No barco estavam outros migrantes recém-chegados da China, bem como da Índia — muçulmanos indianos que faziam suas preces e logo em seguida partilhavam as refeições com ele. Era só um punhado de arroz, mas um arroz bom, limpo e branco e nutritivo, uma das melhores refeições que ele se lembra de ter experimentado. Ele se recorda de que meu avô passava semanas, às vezes meses, longe de casa em busca de trabalho, se recorda do breve período de abundância quando meu avô conseguiu um emprego e a família teve condições de comer bem. Ele se lembra das placas que meu avô, um calígrafo talentoso, fazia para ganhar um dinheiro extra. Mesmo depois de muitos anos, eles passavam por placas em preto e dourado penduradas em cima de algumas lojas e ele reconhecia a escrita elegante do meu avô. Consegue se recordar, ainda, de quando ganhou seu primeiro par de sapatos aos dez anos e de como se sentiu desajeitado, com dois pés esquerdos. Algumas dessas histórias eu já ouvira antes; a maioria delas, não. Ele fala, também, de sua meia-irmã, que eu conheci, mas não muito bem. Quando ainda era pequena, decidiram que não valia a pena educá-la e aos dez anos a fizeram trabalhar no trem que ia da Malásia para a Tailândia, onde, endiabrada que só, entrava sem pagar e vendia pacotinhos de comida para os passageiros. Meu pai dava pezinho e ela forçava a janela com um galho e trepava para dentro do vagão — um plano que deu certo até o dia em que ela escorregou e o galho espetou seu braço. Disso, eu não sabia.

Escutando meu pai, me surpreendo a princípio com a inexistência de ressentimentos diante de uma infância tão difícil. Suas histórias não são do tipo pobres-mas-felizes, tampouco carregam aquele rancor que se esperaria de alguém na posição dele. Eu me recordo, agora, de inúmeras conversas entre ele e os parentes — melhor dizendo, entre ele e o pessoal do clã kelantanês estendido — que eu ouvia de trás da porta meio sem querer quando era criança. Alguns deles, mais extrovertidos e falantes que meu pai, conversavam sobre seu passado rural sem privilégios de um jeito que carregava essa mesma resignação; a compreensão de que nem todo mundo nasce endinheirado e em berço de ouro. Fizeram as pazes com a falta de justiça na sociedade — com sua hierarquia, se você assim preferir —, porque a história deles está ancorada na suposição natural de que vão progredir dentro do sistema:

Vão receber algum tipo de educação formal.

Vão melhorar de vida, ainda que não fiquem necessariamente ricos.

Vão viver e trabalhar na cidade grande.

Seus filhos e filhas vão ter um diploma e vão ganhar um bom salário.

Seus netos e netas vão se tornar tão classe média e tão afluentes que a ideia de pobreza não caberá em suas vidas, parecerá algo que pertence não ao país deles, mas sim a vizinhos mais pobres como o Camboja ou Bangladesh.

Assim como a maioria dos migrantes, meu pai e seu clã kelantanês alimentam as ingênuas pretensões de ensino de qualidade, emprego e mobilidade social que lhes foram incutidas, o que explica o motivo pelo qual os Estados Unidos eram sua Meca ideológica; o motivo pelo qual eu já sabia o que eram os exames SATs quando nem tinha completado doze anos de idade e vivia a milhares de quilômetros de distância das terras americanas. A Grã-Bretanha e os velhos países da Europa podiam até ser culturalmente interessantes, mas eram obcecados demais com o próprio passado; o futuro estava na América (eles nunca teriam imaginado a inacreditável ascensão de sua miserável terra natal).

"São histórias meio chatas de gente pobre", meu pai interrompe. "Não devem ser muito interessantes pra você." Eu respondo em protesto, pedindo mais. Ouvi-lo falar com tantos detalhes é algo raro e, para ser sincero, um pouco perturbador, um processo de criação de laços no qual ele precisa revelar muito mais do que estou acostumado a vivenciar, como da vez que eu tinha catorze anos e ele decidiu, um pouco sem jeito, tirar a roupa inteira no vestiário depois de uma partida de tênis, e nós dois tivemos que fingir que estava tudo certo. Contenho meu ímpeto de dar de ombros e abrir mão da conversa porque, ainda que não esteja falando sem parar, meu pai está falando de coisas sobre as quais eu nunca tinha ouvido, despindo devagar as camadas da memória, só que tem muito mais coisas que eu quero saber. Estamos indo aos poucos, acho, ainda não estamos nem perto de saber como foram os primeiros dias do meu avô em Nanyang. Esse meu avô morreu anos antes do meu nascimento, quando meu pai tinha dezesseis anos, e eu nunca soube muito sobre ele a não ser os fatos mais rudimentares de sua vida: que a certa altura foi professor na escola do vilarejo, que era um exímio calígrafo e que nos últimos anos de vida foi dono de uma cafeteria; que morreu por conta de um câncer na garganta — ele era fumante, também. Para além disso sei muito pouco, quase nada sobre o temperamento dele, suas idiossincrasias, as pequenas peculiaridades que dão vida ao ser humano por trás do retrato oficial — não que seja um retrato tão bem desenhado, está mais para um esboço que desbotou ao longo de anos deixado ao relento de tal modo que até seus contornos ficaram turvos. Essa opacidade me incomoda desde que me entendo por gente. Mas agora meu pai perde o ímpeto; ele não sabe o que dizer em seguida. Nossa conversa de repente empaca.

E, no silêncio, começo a pensar: é isso que me deixa frustrado a respeito de determinado tipo de migrante, aqueles que abandonam por completo sua bagagem cultural para assimilar de corpo e alma o novo ambiente (ao contrário do outro extremo, aqueles que se agarram desesperadamente às memórias da terra natal e mal podem esperar pelo dia em que, aposentados, retornarão ao lugar que acabaram de deixar). Pois o problema com Os Que Esquecem é que a necessidade de virar a página em seu país de adoção não começa nem termina com a chegada à nova terra; continua mesmo depois, repetindo-se até encontrar um marco zero histórico conveniente sem perturbações emocionais ou racionais, de modo que uma nova narrativa sobre o grupo começa a se formar, uma trajetória positiva e entusiástica que busca acima de tudo um enredo sem irregularidades, cuja cereja do bolo são as doses de sofrimento fracionadas na medida certa — e ao fim do dia superadas, é claro —, que salientam a ascensão até o conforto e o sucesso e a felicidade:

Viemos da China, éramos pobres; demos duro, e por um tempo nossa vida foi difícil (só que não tão ruim assim); houve obstáculos no caminho, mas veja só aonde chegamos.

Mas, afinal de contas, como é que você chegou aqui? Como é que você foi parar em um vilarejo lá no fim do mundo, na boca da selva, onde os cachorros de estimação eram devorados por tigres — qual foi a sequência de decisões aleatórias que fez você ir parar lá? Que "obstáculos" eram esses, exatamente?

E quanto a todos os silêncios, o que se escondia neles? (Estou só perguntando, porque ao longo de toda a minha infância vários parentes próximos passaram um tempo considerável no hospital por conta de doenças, e um ou dois morreram por causa dessas doenças e raramente se falou sobre isso, nenhum elaborado funeral chinês marcou seu falecimento, e foi só quando eu já estava com meus trinta e poucos anos que descobri, na verdade, que eles tinham passado por hospitais psiquiátricos, instituições obsoletas e insalubres que tratavam como loucura todos os transtornos mentais, e que aqueles que morreram tinham cometido suicídio; e também consigo entrever que há um índice anormal de transtornos mentais entre os homens da minha família estendida, tanto no ramo migrante da Malásia como, historicamente falando, naqueles que ficaram na China — um índice anormal de suicídios. Então, estou só perguntando mesmo.)

Na história da Ásia moderna, máculas desse tipo não casam muito bem com os contornos harmônicos de nossa reinvenção. Fazemos o mesmo com as narrativas nacionais, varrendo para baixo do tapete relações difíceis ou períodos de nossa história que nos deixam incomodados porque desarranjam o roteiro de nossa ascensão rumo à dinheirice, um status que o Banco Mundial chama de "classe média alta", a um passo do patamar da classe alta. Nessa história, existiram sim conflitos insignificantes de raça, religião e classe, mas foram logo superados e hoje não nos perturbam mais; as fronteiras que demarcavam as diferenças culturais e étnicas entre países sempre existiram, e agora servem de justificativa para argumentos nacionalistas (esses dois territórios nunca se atravessaram, e nós, até poucas décadas atrás, nunca fomos um povo só); houve revoltas violentas em que muitas pessoas morreram, mas nós aprendemos a lição (não, imagina, nunca houve *massacres* nem nada do tipo). A história começa em determinado ponto e, tranquilamente salta uma década aqui, metade de uma geração ali. Pessoas chinesas de todas as nacionalidades falam sem parar sobre a própria história e as próprias origens, fazem filmes grandiosos a respeito, mas de fato estão sempre se referindo às antigas dinastias, de mil anos atrás ou até mais. Um dos quatro grandes romances da literatura chinesa clássica é o *Romance dos Três Reinos*, ambientado logo no fim do século III. É leitura obrigatória nas escolas, e existem ao menos sete versões diferentes para o cinema, além de inúmeras adaptações para a TV. Quando a história está tão recuada no passado, é segura e inofensiva. O que aconteceu trinta, quarenta, cinquenta anos atrás já é outro caso; esse tipo de história é mais perturbador.

Como sempre, no ato final da narrativa está a gratidão que acompanha a opulência da Ásia contemporânea. Veja só aonde chegamos, saindo de onde estávamos não faz tanto tempo assim. Isso deveria servir de justificativa para cortar essas cenas incômodas do nosso roteiro, bem como para uma espécie de fechamento, como se o conforto material fosse capaz de proporcionar o tipo de determinação de que precisamos para viver a vida com alegria.

O problema é que a cinebiografia oficial é chata. Carece de tensão dramática, apesar dos momentos turbulentos que a pessoa ou a comunidade ou o país inteiro precisa enfrentar. Falta complexidade, porque se baseia em uma lógica cautelosa na qual faltam silêncios, essas áreas tenebrosas e intocadas que nos proporcionam uma melhor compreensão do lugar de onde viemos, dos laços que nos conectam, do que nossos futuros nos reservam. Em outras palavras, precisamos conhecer toda essa desordem para saber quem somos.

Meu pai tem razão. É sim uma questão de vergonha. É por isso que editamos nossas histórias desse jeito, para alterar nossa própria imagem não só para os olhos dos outros como também para nós mesmos. Nas cidades de Kuala Lumpur, de Ho Chi

Minh e de qualquer outro canto do Sudeste Asiático, trocamos os nomes de todas as ruas para que elas tenham os nomes de nossos heróis nacionais e não mais os nomes dos escoceses e ingleses e franceses que nos colonizaram no passado. O ato de reivindicar as próprias raízes nacionais é necessário, e inevitável, mas ainda assim é uma questão de vergonha — a vergonha de ter sido colonizado, de ter sido súdito de um monarca distante, de ter tido que baixar a cabeça para alguém mais forte e mais rico. Pobreza é sinônimo de fraqueza, e é algo vergonhoso, mesmo agora que temos arranha-céus e trens-bala. Não dá para viver, com conforto ou sem, carregando a certeza de que nossa história foi narrada por um outro alguém durante aqueles longos primeiros capítulos, e é por isso que cortamos esses trechos. Mas, como qualquer pessoa que conta histórias sabe, o processo de edição é viciante — enterrada no meio da desordem está uma história perfeita só esperando a chance de dar as caras —, e então continuamos esculpindo obsessivamente, desbastando blocos inteiros da estrutura, cada vez mais e mais e mais, até que no fim o que resta é uma massa sem máculas ou características próprias. É esta a forma que nos agrada.

Mas veja só o que acontece quando você pega um táxi em Penang, por exemplo, e diz que seu destino é Lebuh Leith, que é chamada de Lebuh Leith nos mapas oficiais desde que me entendo por gente, e o motorista responde: "Ah, você quer dizer *Leith Street*". Em algum lugar debaixo da superfície lustrosa de nossa narrativa, a desordem permanece; nós a carregamos conosco, sem a expressar, sem a reconhecer. As cisões e os conflitos do passado também permanecem dentro de nós, os traumas não examinados ou processados, impregnando a maneira como organizamos nossas sociedades.

É por isso que a história de como meu avô acabou indo morar lá nos confins de Kelantan é tão importante para mim. É por isso que estou aqui com meu pai, aguentando esse silêncio constrangedor e lutando contra a vontade de me levantar e ir buscar mais um refrigerante para mim e mais uma xícara de chá para ele, ou reabastecer a tigela de amendoins que estamos dividindo, ou dar uma olhadinha no iPhone para ver se não tem nenhuma mensagem nova, ou fazer qualquer outra coisa só para amenizar o clima subitamente estagnado ou encerrar nossa conversa inesperadamente franca. De algum modo, sinto que a história dele pode ajudar a explicar por que meu rosto está ficando mais anguloso à medida que envelheço, perdendo o vigoroso viço que eu tinha durante a infância, que vem da família de minha mãe. Pode explicar por que posso me passar por qualquer pessoa, em qualquer lugar do Sudeste Asiático; pode explicar por que ninguém nunca consegue adivinhar de onde venho. Só que alguma coisa aconteceu — vai ver eu extrapolei o limite das perguntas, vai ver eu enfiei o dedo na ferida, vai ver meu pai agora se arrepende de ter me contado tantas coisas.

Nós admiramos a vista da cidade lá longe, as Torres Petronas que se erguem no meio de outros prédios altos menores. Hoje não há aquele nevoeiro causado pela poluição; do nosso subúrbio situado a alguns quilômetros de distância, o centro da cidade parece aninhado de um jeito meio inconcebível dentro do Vale de Klang, protegido pela cordilheira ao fundo. Nesta luz, as montanhas ficam quase azuis. Começa uma brisa forte, que sopra cascas de amendoim de cima da mesa. Minha mãe nos chama lá de dentro do apartamento. E eu, porém, sigo esperando.

4

Um aguaceiro da época das monções: a chuva cai com tanta força que a vista das janelas da sala de aula fica encoberta por uma cerração cinza-perolada. As quadras esportivas e a fileira de acácias que delimitam o perímetro estão embaçadas, seus contornos incertos — uma miragem aquosa. Perto da sala há um telhado de zinco corrugado que abriga a cantina; a chuva retumba ali em cima com tamanho estrépito que mal conseguimos ouvir nossas próprias vozes. Dentro da sala, a aula foi cancelada. Chuva forte, relâmpagos, queda de energia — está escuro demais para ler. E a melhor parte é que nossa professora não está aqui, tal como boa parte da turma, ela não conseguiu chegar até a escola por conta do drama que volta e meia acontece na época das chuvas: *banjir*. Enchentes, não só nos *kampung* — "vilarejos urbanizados" que, verdade seja dita, não passam de favelas — mas também nas áreas nobres, nas rodovias: em todos os cantos, da cor de chá com leite, serpenteando na altura dos joelhos, atemorizando motoristas imprudentes com a ameaça de escapamentos entupidos, transformando as águas dos imensos valões para drenagem em enxurradas raivosas que, nos próximos dias, devem acabar rendendo histórias trágicas — crianças pequenas que brincavam perto desses rios urbanos improvisados caem na correnteza e são levadas para nunca mais voltar. Crescer em Kuala Lumpur, mesmo numa área gentrificada, é conviver com a sensação de que a morte nunca está muito longe.

Na sala de aula, o vento leva a chuva para dentro das janelas basculantes, que são velhas e estão emperradas e não fecham, e por isso empurramos as carteiras de madeira para o meio do cômodo. A professora substituta — uma jovem recém-saída do magistério — se debruça sobre um livro, levantando cada vez menos o olhar para confirmar se estamos nos comportando. Só tem olhos para o romance, que mais tarde alguém diz ter espiado, apesar de ela ter tentado escondê-lo dentro do livro didático de geografia — um romance erótico bem tórrido com uma mulher desfalecida na capa, uma daquelas brochuras de banca de jornal editados pela Mills & Boon que as meninas da escola de freiras aqui do lado estão começando a comprar nos sebos do conjunto de lojas na rua State, em frente ao estacionamento central onde um dos nossos colegas de turma foi flagrado fumando *durante* o horário de aula. Temos quinze anos de idade, e para nós a vida está prestes a mudar.

Estamos no ano de realizar nosso primeiro grande exame nacional, o *Sijil Rendah Pelajaran*, ou Certificado do Ensino Fundamental, que todos os alunos de escola pública da nossa idade irão enfrentar. Quando os resultados forem divulgados em todo o país, os jornais publicarão reportagens sobre estudantes que superaram inaptidões ou infortúnios extraordinários em casa para atingir bons resultados, matérias sobre escolas de vilarejo com um número incomum de alunos nota dez — histórias que casam bem com nossa galopante narrativa moderna de conquistas e transformação. Sucesso pessoal em escala nacional: dessa forma sentimos que estamos todos mudando para melhor. Só que longe dos holofotes vai acontecer uma mudança mais importante, pois vamos começar a articular, com um discernimento digno de gente adulta, as diferenças de classe, dinheiro e privilégio que existem entre nós.

Como alunos de uma escola pública de ensino médio na Malásia da década de 1980, vivemos, até agora, em um estado de alegre ignorância. O ensino é esforçado, mas ineficaz. Nossas turmas são cheias demais, e a maioria dos quarenta e cinco meninos em cada uma das salas só quer saber de futebol ou música em vez de levar os estudos a sério, então a atmosfera das aulas é relaxada, os professores já resignados à função de pastores ociosos, cuidando de um rebanho que só quer curtir. Estamos em uma antiga escola católica agora gerida pelo governo, embora o corpo docente ainda conte com um ou outro frade salesiano, missionários e professores cujos hábitos em tecido branco-tropical formam uma imagem cada vez mais estranha em um país cuja identidade nacional fica mais forte a cada ano que passa. A economia também está crescendo, e nós surfamos sua onda de otimismo.

Ignoramos, sobretudo, as divisões que existem entre nós. Vivemos em um país regido por políticas raciais, só que nada disso parece ter importância dentro da escola. É verdade que há panelinhas não oficiais que parecem ser dominadas por um ou outro grupo racial — os meninos chineses jogam basquete, os meninos indianos jogam hóquei, e o time de futebol da escola só tem espaço para os meninos malaios roqueiros que recortam fotos do Metallica das revistas para colá-las nos livros didáticos. Mas nas aulas e durante os intervalos, a mistura racial é uma mescla equilibrada de tons de pele e idiomas, um patoá de inglês, malaio e cantonês. Ainda não notamos, nesta fase, o fato de que viemos de famílias com diferentes condições de vida também. Há meninos cujo nome traz os prefixos Raja ou Tengku, que os identifica como pertencentes às várias famílias da nobreza; há aqueles como eu, que vivem em áreas de classe média emergente nas redondezas; há meninos que vêm de áreas rurais mais pobres, que vivem em dormitórios subsidiados pelo Ministério da Educação; há aqueles cujos pais trabalham como zeladores e lavadores de pratos. Na minha série tem um menino chamado Mahendran, que apresenta dificuldades para escrever e cujos pais, seringueiros, são analfabetos (eles não são os únicos). Tem ainda alunos com déficit de aprendizagem, que mesmo assim vão para a escola todos os dias mas não recebem nenhum tipo de atenção especial dos professores. Tem os crânios que brilham em matemática (em geral são chineses), além dos delinquentes de quinta categoria que se metem em brigas depois da aula e de vez em quando acabam expulsos (em geral são chineses); mas, via de regra, somos um só amálgama que se deixa estar, sem drama. Passamos o recreio juntos, somos minimamente cordiais uns com os outros, ignoramos quão profundas são as divisões entre nós.

Estamos aqui porque somos todos filhos dos desprivilegiados, pessoas que conhecem, de um jeito ou de outro, a privação. Que não nasceram em um país que algum dia produziu uma burguesia. Que se comparam com os países do Ocidente, com suas gerações de classe média instruídas e de governo estável. Que querem a mesma coisa, agora, para si próprios e para os filhos. Que acreditam que vão alcançar a mesma estabilidade e riqueza e refinamento cultural em vida. Estamos aqui porque fazemos parte de um processo maior de construção da nação, porque nossos pais acreditam em um projeto comum de edificação — do eu, da sociedade, do país — que tem como base o melhoramento, o ímpeto constante de seguir em frente que compõe a narrativa da modernidade. Não sabemos disso, na nossa idade, mas todos fazemos parte da maneira como estamos contando a história de nós mesmos, para nós mesmos.

Porém, em menos de um ano, quando — assim como todos os demais meninos de quinze anos no nosso país de vinte e cinco anos — contemplarmos os resultados do exame nacional, vamos começar a ver, com surpreendente clareza, que nossos pais não passaram os mesmos tipos de privação, que a ambição deles desencadeou resultados distintos no decorrer de apenas metade de uma geração. Veremos que nossas trajetórias não só começam a nos afastar mas também a acelerar nossa jornada, pondo alguns de nós em um elevador que conduz a façanhas mil, outros em uma escada caindo aos pedaços. Pois quando as notas do exame forem divulgadas, seremos brutalmente comparados uns aos outros, e vamos acabar descobrindo algumas coisas inesperadas uns sobre os outros. Alguns garotos, ao que parece, andaram fazendo aulas de trigonometria avançada com os pais arquitetos. Alguns garotos andaram lendo Steinbeck e escrevendo contos no tempo livre. Teve um que foi com um monte de adultos até Sumatra numa viagem de campo para estudar geologia. Até agora nós nunca tínhamos reparado no que nossos pais faziam da vida, nunca soubemos o que suas profissões significavam — nem para eles nem para nós.

Agora, os alunos mais brilhantes de família humilde tentam bolsas para as escolas de Singapura, que têm o melhor ensino médio do mundo; daqui a alguns meses, eles não estarão mais aqui. Agora, os alunos não-tão-brilhantes das famílias mais ricas serão enviados para concluir o ensino médio em internatos da Inglaterra, já que os pais de repente se desesperaram com a qualidade do ensino oferecido pela nossa escola. Esses alunos também não voltarão no próximo ano. Agora, a gente descobriu que há escolas em outros lugares do mundo onde a mensalidade custa até dez vezes mais do que o salário médio de um ano inteiro na Malásia, e a gente se deu conta de que algumas famílias — famílias que antes pareciam ser mais ou menos como as nossas — conseguem arcar com esse valor. Agora, irmãos e irmãs mais velhos começaram a receber bolsas para universidades estrangeiras e, pela primeira vez, ouvimos nomes como Oxford ou Harvard ou Universidade Nacional de Singapura.

E então tem o resto, a grande maioria que vai ficar aqui por mais um ano ou dois, quem sabe até quatro, antes de tentar entrar na universidade ou arrumar um emprego. Para aqueles que se saíram bem no exame, o adeus repentino dos colegas que melhoraram de vida vai jogar no ventilador a realidade do ensino superior; para aqueles que passaram raspando, a súbita obsessão dos velhos amigos com a universidade vai parecer algo cada vez mais bizarro. Os dois grupos começam a seguir caminhos diferentes, um deles buscando refúgio no mundo da álgebra e das sentenças de estrutura cada vez mais complexa, o outro nas bandas de heavy metal e no futebol, no pop cantonês e nos pequenos delitos. E dentro do grupo fadado ao ensino superior também há diferenças gritantes: tem aqueles que estudam com aquela espécie de intensidade desesperada que indica a condição humilde de suas famílias — eles *precisam* conseguir uma bolsa, de algum jeito, em algum lugar — e tem aqueles que vão levando a vida sossegados, lendo romances que estão fora da lista de leituras obrigatórias e fazendo questão de falar das experiências que tiveram em viagens para o Japão ou a Austrália durante as aulas de geografia; as famílias deles têm uma condição boa, podem não ser ricas, mas têm dinheiro o suficiente para interceder caso eles não obtenham as melhores notas. Ao longo de um único ano, nós nos dividimos, nos subdividimos, e foi a classe, não a raça, a responsável por essa cisão. Ao longo de uma única geração, nós criamos uma sociedade de hierarquias.

Durante as férias prolongadas que vêm logo após o fim do exame, nós nos desgarramos uns dos outros, deslizamos junto com a chuva dos longos dias passados pedalando em bicicletas pelas vias suburbanas ou pescando nas lagoinhas e riachos que se amontoam nos bolsões de floresta que ainda restam em nossa vizinhança. Pegamos o ônibus que serpenteia até o litoral, onde o mar é imundo e marrom e a areia é salpicada de gravetos e folhas de casuarina, e onde os dias e a noite parecem ainda mais longos, porque não há quase nada para fazer. Quando as aulas voltarem, vamos entrar na quarta série, o penúltimo ano de ensino obrigatório, o ano que antecede a próxima rodada dos exames nacionais que vão, e dessa vez para valer, abrir ou fechar as portas que dão para o resto de nossas vidas. Quando voltarem as aulas, vamos descobrir que um dos nossos colegas levou os amigos delinquentes até Port Dickson de carro ao mesmo tempo que a gente estava indo para lá de ônibus, cantando ao som dos nossos walkmans na última fileira; vamos ficar sabendo que ele dirigiu rápido demais, dirigiu sem habilitação (pois ainda não temos nem dezesseis anos); que possivelmente tinha bebido; que o carro bateu; que ele foi o único no carro a morrer. Ele tinha sido um talentoso jogador de badminton no ensino primário; me lembro dele com dez ou onze anos, ligeiro e elegante; agora estava morto. No refeitório, os amigos vão falar de vingar a morte dele, de descobrir quem é que deu o uísque e a chave do carro para ele e encher o cara de porrada.

Esses que falam são os que voltaram para a escola com o cabelo pintado de laranja, com vozes mais encorpadas e cheias de pesadas gírias cantonesas, as quais proferem sem o tom brincalhão de antes, cada frase acompanhada das palavras FODER, MÃE e PUTA. Berram a plenos pulmões quando brigam com os professores homens, ameaçam tacar fogo nos carros deles, e mesmo dentro da sala de aula ficam assobiando para as professoras jovens. Agora não estão nem aí para as regras. As notas do exame vão fazer eles sentirem que nada mais importa. Mas, para quem pertence ao outro grupo — de repente agora existe um outro grupo, gigantesco e óbvio e impossível de ignorar —, *esse* jeito de falar, *essas* pessoas (agora nos referimos uns aos outros como a entidades estrangeiras) são irrelevantes, e em breve não vão sequer figurar dentro do nosso universo de livros e formulários de inscrição e SATs e TOEFL e UCCA. Temos uns dezesseis, dezessete anos. A animosidade é palpável. Os projetos de delinquentes implicam com um ou outro nerd e extorquem dinheiro dele por alguns meses mediante ameaças de violência. *A gente sabe onde você mora. A gente sabe qual é a escola da tua irmã, a gente vai estuprar ela.* Sobressair, por qualquer motivo que seja, não é nada bom. No meu caso, era o meu rosto — redondo, meio de querubim, totalmente livre de acne adolescente — o que me destacava, mais do que qualquer proeza acadêmica. Entrego minha mesada — uma quantia risível, em retrospecto — todo mês, e por vários meses, até que um acordo é selado por um amigo, um raro delinquente burguês, que circula pelos dois lados da divisa, e um punhado de cigarros é negociado como pagamento final. Anos mais tarde, ao comemorar o ingresso de outro amigo na Universidade Stanford, alguns amigos e eu vamos acabar parando em um restaurante de fast food à noite. Lá, de uniforme marrom e um chapeuzinho engraçado que lembra um origami, estará o meu principal extorquidor, um menino mais velho que sempre sonhou em se tornar um delinquente *tai-kor* todo-poderoso, que ainda na época da escola se vangloriava de ter aberto um talho na cara de uma pessoa. Ele vai me reconhecer, e baixar os olhos ao perguntar, Batata frita acompanha? E eu não vou saber ao certo o motivo, mas sou eu quem vou me sentir constrangido, quase culpado.

O fim da década de 1980 está à vista; logo mais haverá shoppings imensos ao estilo americano vendendo tênis Nike Air em Kuala Lumpur; nós já temos McDonald's, Wendy's e Kentucky Fried Chicken. Em menos de uma década teremos bares em *rooftops* de arranha-céus vendendo Stolichnaya e Bollinger, restaurantes franceses servindo foie gras frito, boates com DJs de *trance* da Alemanha e pílulas de ecstasy barato da Tailândia, um frenético coquetel de drogas e dinheiro tão intenso que, todos os meses, banqueiros de investimento quarentões infartarão no meio da pista de dança. Na época, como agora, a morte nunca está muito longe em Kuala Lumpur. Mas esse tipo de vida está reservado a uns poucos, aqueles entre nós que estão se isolando para formar uma casta exclusiva dentro de uma casta dentro de outra, de modo que dez anos depois, quando estivermos com nossos vinte e poucos anos, nossos caminhos jamais irão se cruzar de novo, nem mesmo em um restaurante de fast food. Ainda não sabemos disso, mas vamos saber, muito em breve.

5

Sempre que me encontro na China, a pergunta mais frequente que escuto — de taxistas, garçonetes, atendentes de loja, gente com quem acabo jogando conversa fora — é: "De onde você é?", com o que não se referem apenas ao país de onde venho, mas também ao grupo regional ao qual pertenço, ao dialeto que minha família usa em casa. Em Hong Kong e Taiwan, um ou dois dedos de prosa sobre viagem — sobre partidas e chegadas — desembocam sempre nessa mesma pergunta. Em Singapura, onde corre uma forte identificação com a ancestralidade regional entre as imensas e bem estabelecidas comunidades de imigrantes chineses, as pessoas simplesmente me perguntam: "Você é hokkien?" (embora a maioria já pressuponha que eu seja).

Para boa parte das pessoas que não estão familiarizadas com a China e sua cultura — e com isso me refiro às sociedades e costumes da China continental e da diáspora ultramarina —, a suposição que predomina é a da homogeneidade, de uma grande massa de pessoas que têm feições, pensamentos e comportamentos mais ou menos parecidos. A ameaça dessa horda de bilhões com uma só mente e uma só vontade pronta para manifestar pelo mundo inteiro suas ambições coletivas é o que alimenta a imaginação de economistas e políticos hoje. O governo chinês promove de bom grado essa noção, essa imagem de "uma só China" que consiste em um país monocultural habitado majoritariamente por um só grupo racial, os chineses han, que respondem por noventa por cento da população da

República Popular, e dezenove por cento da população mundial. E em muitas ocasiões as próprias pessoas chinesas, sejam elas nascidas em Pequim ou Hong Kong ou Ipoh, pressupõem certa familiaridade umas com as outras, como se atadas por um antigo parentesco que desafia a nacionalidade. Mas quando a conversa fica séria, quando o papo sobre o clima se esgota e chega a hora de falar de si próprio, as pessoas chinesas só querem saber de onde você é, em como você difere delas.

Isso é de esperar, até porque a China é um continente inteiro, quase tão grande quanto a Europa e apinhada de diferenças geográficas e culturais em escala dramática. Alguém do extremo norte da China não pertence ao mesmo grupo cultural ou linguístico de alguém do extremo sul ou oeste; não partilham os mesmos costumes, língua, culinária, vestimenta, clima — a única coisa que têm em comum é o mandarim, o idioma nacional que todos os cinquenta e seis grupos étnicos reconhecidos aprendem na escola, o idioma do governo e do comércio. Só que em casa, o lugar onde desenvolvemos a percepção que temos de nós mesmos, o lugar onde descobrimos quem somos e no que acreditamos, cada chinês fala seu próprio dialeto. Quando morei em Xangai, me impressionava a forte presença do dialeto local, e como era incompreensível para quase todos os outros falantes de mandarim. Os habitantes locais se orgulhavam de falar o dialeto, se orgulhavam de como ele os diferenciava de Pequim. Mas era só um dos muitos dialetos identificáveis que eu ouvi enquanto morei lá. Pelos arredores de Xangai fica a pequena e próspera província de Zhejiang, cuja capital Hangzhou abriga o pitoresco Lago do Oeste e a primeira loja da Apple na China, entre outras atrações. Lá, nessa cidade que é um dos principais destinos para o final de semana dos residentes de Xangai, eu ouvi dialetos que só depois fui descobrir serem variações bastante díspares do idioma wu vindo de Zhejiang. Hangzhou, Shaoxing, Ningbo,

Wenzhou, Taizhou, Quzhou: cada cidade escondida dentro do vale daquela província tinha o seu próprio dialeto. Essas diferenças relativamente pequenas ainda assim são perceptíveis, ainda assim dignas de mais interesse; imagine então essas diferenças aplicadas a um continente inteiro e uma diáspora inteira, cuja gente tem traços mais ou menos parecidos, partilha um DNA mais ou menos parecido, mas cuja vida é tão diferente em todos os outros aspectos?

Não à toa os chineses são especialistas no vocabulário da categorização, na arte de distinguir entre dois grupos de pessoas. Americanos de qualquer grupo étnico ou ancestralidade costumam se apresentar alegremente como "Americans" quando andam por terras estrangeiras; as pessoas chinesas precisam especificar se por acaso são *zhongguo ren*, *hua ren*, *huaqiao* ou *huayi* — as denominações mais comuns, em mandarim padrão, para nacionalidade e formação cultural. Isso se deve em parte ao fato de que temos uma diáspora imensa e longeva, o que acaba instigando a subcategorização de chineses étnicos de acordo com local de nascimento, país atual de domicílio, tempo vivido nesse outro país e se eles estão lá só de passagem ou têm planos de retornar à China. Tudo e todos são definidos em relação ao *Zhongguo*, o Reino Médio.

Muitas vezes se nota um senso de pertencimento a uma trama maior de chinessência que desafia a nacionalidade e ajuda a explicar as suposições de familiaridade que as pessoas chinesas fazem o tempo todo: "Você pode até falar que nem um americano e se vestir feito skatista, que mesmo assim a gente consegue te entender porque você *parece* chinês". Mas, verdade seja dita, essas semelhanças superficiais quase nunca conseguem mascarar as diferenças que as pessoas chinesas (étnicas ou culturais) delimitam entre si. As pessoas chinesas podem até se definir como um grupo amorfo porém vagamente homogêneo na presença de uma terceira presença ainda mais estrangeira, só que entre elas as divisões são concretas e onipresentes. Os recentes protestos ocorridos em Hong Kong começaram por uma questão política, mas logo se transformaram numa batalha cultural, numa luta para definir uma identidade local que carregava em seu cerne o idioma cantonês. Estive em Hong Kong três vezes no ano passado; e todas as vezes percebi uma ampla e perceptível relutância a falar mandarim, principalmente entre o pessoal que dirige táxis e ônibus ou serve mesas. Meu cantonês ruim era recebido com simpatia, meu mandarim correto com ressentimento maldisfarçado.

A realidade é que a China, tal como o fato de ser chinês, implica uma variedade vertiginosa, muitas vezes até exaustiva; viajar pela China e pelos países chineses da Ásia Oriental significa dar os mesmos saltos culturais e linguísticos que estudantes universitários fazem naqueles mochilões de trem pela Europa. As pessoas podem até ter uma cara parecida, mas são diferentes. Em países como Singapura e Malásia, onde as antigas comunidades de antes da revolução não foram submetidas à homogeneização do comunismo, tais divisões são ainda mais nítidas, ainda mais celebradas. Os templos e as associações dos clãs trabalham por e para suas próprias comunidades e carregam em seus nomes o pertencimento ao hokkien, teochew, cantonês ou hakka. Foram as primeiras instituições que estenderam a mão para as ondas de migrantes perdidos em um cais. Os laços forjados lá atrás eram tão fortes que ainda hoje se faz piada com as divisões culturais. *Óbvio que ele é delinquente, ele é de Chaozhou. Eu sabia, ela tem cara de hokkien. Naquela empresa só tem hakka, eles cuidam dos seus.*

Distinções desse tipo não querem dizer nada para quem é do Ocidente. Eu dificilmente me dou ao trabalho de explicar as diferenças culturais entre um chinês do norte e um chinês do sul, entre um hokkien e um cantonês; já é difícil demais explicar o fato de que sou malaio *e* chinês. Costuma ser um pouco mais fácil exprimir essa distinção tão primordial para outras pessoas cujas nacionalidades e etnias também não estão unificadas de um jeito muito cômodo. É provável que um britânico de ascendência paquistanesa consiga entender melhor o que quero dizer quando estou falando do chinês singapurense ou dos clãs cantoneses em Hong Kong do que, digamos, alguém cuja família remonta aos tempos da Gália e hoje fala francês.

Com frequência, desisto quando percebo que vai ser muito complicado explicar de onde eu venho e quem sou. Às vezes apenas finjo ser aquilo que a outra pessoa pressupõe que eu seja. Às vezes sou de Xangai. Às vezes sou de Taiwan. Às vezes sou muçulmano (porque sou malaio). Se eu falasse japonês ficaria tentado a ser de Quioto. Os templos, as *sakura*: seria tão pitoresco.

6

Eu falo mandarim com um sotaque neutro, mas minha fala inevitavelmente carrega vestígios de minhas origens e educação, de ter sido criado em uma casa onde meus pais conversavam entre si com o dialeto minnan da província de Fujian (para ser mais específico, com vocabulário e sotaque malaio de Penang), conversavam conosco em mandarim, com os próprios irmãos em hainanês (no caso da família do meu pai) ou numa mistura de hokkien e cantonês (no caso da família da minha mãe). Na escola que frequentei em Kuala Lumpur, uma cidade historicamente dominada por imigrantes falantes de cantonês, o único idioma chinês que eu usava era o cantonês, sobretudo uma variante de baixo calão composta quase que inteiramente de xingamentos; de resto, estudava e falava malaio e o inglês típico da região. Com meus primos e primas que viviam nas áreas rurais de Perak e Kelantan eu falava uma mistura de malaio, mandarim, inglês e cantonês. Calibrar a minha fala de acordo com meu interlocutor foi algo que aprendi a fazer muito bem, e bem cedo. Eu sabia qual dose de malaio ou de mandarim ou de inglês coloquial usar, e em que ocasião, sabia quando era hora de xingar em cantonês, sabia quando falar certinho, quando falar descolado que nem o pessoal da cidade grande, quando falar sem rodeios que nem o pessoal do interior.

Em um país como a Malásia dos anos 1980 — multicultural, em processo acelerado de urbanização, em processo acelerado de criação de um sistema de classes baseado na riqueza — você aprende a alternar entre os códigos linguísticos e culturais. No bairro em que vivíamos, na fronteira de Kuala Lumpur com Petaling Jaya, sua principal cidade-satélite, quase todo mundo tinha parentes próximos que ainda viviam em áreas rurais; hoje, uma geração mais tarde, a grande maioria dessas famílias estendidas já se mudou para os centros urbanos.

Eu passava boa parte das férias escolares com meus avós maternos, que viviam em uma casa dos anos 1920 que também fazia as vezes de loja em uma cidadezinha chamada Parit, localizada no meio de Perak, região onde se concentrava a mineração de estanho. Era uma vida feliz e sem grandes complicações: meu avô só falava hokkien e malaio; minha avó (a segunda esposa dele, nascida lá) falava hokkien, malaio e um inglês excepcional. Os dois moravam na casa com meu tio, minha tia e os filhos destes, uma grande família chinesa em uma área de maioria malaia. Os parentes desse lado da família tinham uma trajetória conturbada, ainda que acolhedora, que era muitas vezes recontada. Eu sabia de onde vinham, já tinha ouvido histórias sobre os primeiros dias de meu avô na Malásia, sabia como ele tinha conhecido minha avó. Mais para o fim da vida, ela — algo incomum para uma mulher da sua geração — me contou o que sentia em relação ao meu avô, me contou das dúvidas que tivera quanto ao casamento e da vontade de fugir, o que obviamente ela não faria, pois seria impossível; ainda assim, cogitou a possibilidade. Era uma família de passado e presente que pareciam resolvidos — longe da perfeição, porém entrelaçada com uma época e um lugar que lhe ofereciam uma identidade sólida, arraigada. Por isso eu, também, queria me encaixar ali, queria que não me vissem como um almofadinha da cidade grande que não sabia nada da vida no interior. Eu ajudava na loja — aquele tipo de loja de cidade pequena que vende uniformes escolares, sabonete, roupa íntima — e fingia ser um deles.

Quando as senhorinhas malaias apareciam para comprar talco em pó, eu afetava o sotaque local, apagando todo e qualquer vestígio das gírias da metrópole; quando andava com meus primos e primas, alterava minhas referências culturais, atento aos seriados e às músicas de que eles gostavam (e que não eram os mesmos que meus amigos em KL curtiam).

Porém, mesmo naquela época, já me atormentava certa ansiedade, certo medo bobo de algo que só consegui articular em palavras quando cheguei à casa dos vinte anos: a certeza de que eu era um impostor, de que, a qualquer momento, seria desmascarado como um forasteiro. Um menino mimado da cidade grande. Um nerd. Um esnobe. Um estranho no ninho. Receava que eles olhariam para mim e achariam que eu não era um deles; e isso seria esquisito, para eles e para mim, porque, boa parte do tempo, eu definitivamente me sentia da família. O que fazer, então, com a súbita aparição de um estranho à mesa da família? Quando estava na adolescência e lendo romances de muitas páginas, foi ficando cada vez mais difícil equilibrar o tipo certo de vocabulário com as gírias durante minhas temporadas no interior. Começou a parecer impossível expressar as ideias que estavam dentro da minha cabeça com a linguagem que eu sabia que tinha de usar naquele contexto para conseguir me adequar — e vez ou outra eu deixava escapar uma palavra que me traía, que me denunciava como uma fraude. (Certa vez, ao nos depararmos com um trecho da floresta que havia sido abatido para dar lugar ao cultivo de óleo de palma em larga escala, usei o termo *desmatamento*.) Eu lia Faulkner e Steinbeck quando não tinha ninguém por perto, escondendo os livros no meio das roupas guardadas na mala. Minha irmã, mais velha, mais cabeça-dura, mais decidida a fugir, praticava caligrafia chinesa e gramática francesa bem no meio da loja para todo mundo ver, ignorando os clientes que entravam para comprar uma caixa de agulhas de costura e jogar conversa fora sobre o nível do rio depois das chuvas recentes. Ela tinha reivindicado para si uma existência própria, estava correndo atrás de tal objetivo com sinceridade e impavidez. Ela ainda ajudava na loja, ainda falava hokkien e mandarim, mas sua vida já começava a se desvencilhar das vidas de nossos primos e avós, feito uma placa tectônica que se desloca, devagar, para formar um continente próprio.

O desassossego que eu e minha irmã sentíamos vinha dos nossos privilégios — a formação escolar e as oportunidades que causavam nosso distanciamento do resto da família — mas, para ser mais específico, vinha do dinheiro, da classe e da culpa. Era isso que nenhum de nós dois conseguia dizer, pois talvez não fôssemos capazes de articular a situação na época, quando ainda não estava muito claro como é que uma educação formal poderia mudar nossas vidas, quando ainda não sabíamos como, na prática, um diploma de Cambridge faria de você uma pessoa completamente diferente daquela outra pessoa que tinha a mesma árvore genealógica e o mesmo DNA que você, mas que só estudou até os dezessete anos em uma escola na área rural da Malásia. A falta de jeito que nós dois sentíamos vinha do mesmo lugar que se instaura entre meu pai e eu quando pergunto sobre a infância dele: eu quero, de algum jeito, fazer parte do passado dele, fazer parte da formação dele, só que não posso. A educação que recebi me impossibilita de recuar até lá.

Lembro quando li, pela primeira vez, o ensaio de Alice Walker sobre Cuba e a relação dela com o pai. Lembro quando li e reli e pensei que tinha sido escrito só para mim: "Aquele homem brilhante [...] mas sem instrução formal para além dos primeiros anos de educação básica [...] via na conduta da filha, de repente transformada em classe média (por frequentar a faculdade), uma barreira ao contato tranquilo — uma coisa assustadora, mesmo. Eu achava doloroso expor meus pensamentos em uma linguagem que, para meu pai, mais obscurecia do que revelava". O título do ensaio, "O país do meu pai são os pobres", permaneceu comigo por dias a fio, me assombrando de um jeito que não conseguia explicar. Eu não era afro-americano, tampouco pobre, e ainda assim tinha a sensação de que estava lendo sobre mim.

Lembro também do seguinte: estamos na loja do meu avô; ele está anotando uns números em um livro-caixa e de vez em quando usa o ábaco para fazer pequenos cálculos. Eu estou organizando os sabonetes de alcatrão em fileiras ordenadas nas prateleiras ali perto, tentando fingir que não estou prestando atenção na conversa. Minha mãe está tirando a poeira acumulada no alto dos armários de vidro com um espanador de penas, tal como devia ter feito quando era mais nova; e ela está contando para o meu avô que, na semana passada, a minha irmã ligou aos prantos de Singapura. Ela havia ganhado uma importante bolsa de estudos concedida pelo governo singapurense e agora vivia com outras adolescentes de quinze anos num dormitório que ficava a quase duas horas de ônibus da Escola Raffles para Meninas, na qual estava recebendo o tipo de educação que meus pais sempre sonharam para ela. Quando visitamos o tal dormitório, até mesmo meu pai, calejado como era por conta da própria infância espartana, declarou sem mais nem menos: Não é lá muito aconchegante. Minha irmã estava com saudades de casa, se sentia isolada e estudava feito doida só para tentar ficar no mesmo patamar que as jovens mais esforçadas do Sudeste Asiático. Se não tirasse nota máxima todo ano, adeus bolsa. Ela só queria voltar para casa.

Meu avô faz um som esquisito — como uma risada, só que sem um pingo de alegria. Ele não se compadece da situação, acha aquilo ridículo. Ele veio para a Malásia ainda menino, com uma mão na frente e outra atrás; não sabe o que é sentir saudade de casa. Minha mãe tenta fazê-lo entender o que minha irmã está sentindo — é duro, ela está à própria sorte, as outras meninas são malvadas. E então meu avô responde, simplesmente: "Mas somos imigrantes". Como se isso explicasse tudo. Como se as privações, a saudade de casa, a melancolia e a nostalgia fossem para sempre elementos corriqueiros em nossas vidas. Como se não pudéssemos esperar que as coisas fossem melhorar. Na fácil resignação do meu avô ante aquilo que ele via como o próprio destino — tal como meu pai havia aceitado a infância dele — de súbito vi que eu jamais conseguiria me comunicar com ele de verdade, logo ele, um homem tão atencioso e gentil cujo sangue eu herdara, cuja cultura eu absorvera sem pestanejar. Nem mesmo quando eu estivesse mais velho, e já tivesse viajado por aí e aprendido sobre o mundo e suas alegrias e tristezas, até quem sabe sentido na pele um pouquinho de tudo o que ele vivera. A impossibilidade de qualquer convergência entre nossas posições ficou evidente naquele breve momento. Ele era um imigrante. Eu era o neto de um imigrante. Jamais enxergaríamos o mundo da mesma maneira.

II.
Swee Ee

ou
Eternidade

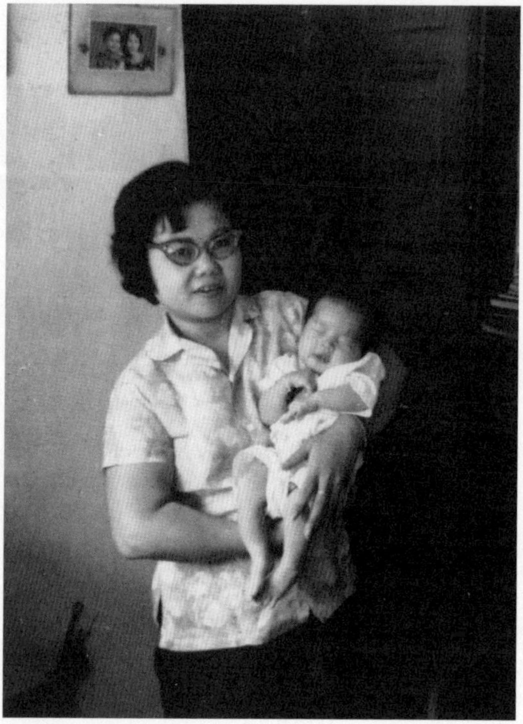

A gente achou que te encontraria morta, mas você está sentada ao meu lado, mais viva do que nunca.

Duas semanas antes, meus pais e eu saímos de Kuala Lumpur para te ver, mais de três horas de trânsito pesado até chegar à cidadezinha rural onde você viveu por quase sessenta anos e onde passei todas as minhas férias escolares ao seu lado. Você já estava muito doente na época; o câncer tinha se espalhado tanto que ninguém sabia ao certo qual era a parte do seu corpo que mais te causava dor. Passei meia hora com você, sentado perto da sua cama enquanto você dormia. Seus lábios estavam rachados e você estava tão magrinha que as bochechas tinham afundado até os ossos. Você nunca foi alta, mas agora, prostrada na cama, parecia uma criança. Minha mãe passou só alguns minutos com você. De que adianta, ela disse, a sua vó nem sabe que a gente tá aqui. Muito mais tarde, ela admitiu para mim que não estava suportando ver você no limiar da morte. O ar não circulava dentro do quarto; ela achou difícil respirar.

Ontem à noite eu estava me preparando para deixar o país — ia ficar alguns meses longe, por conta de uma turnê de lançamento de um livro e outros compromissos profissionais — quando Tio C. ligou, já bem tarde, para dizer que você estava quase partindo. Não valia a pena vir, ele disse; só queria mesmo deixar a gente a par. Mas entramos no carro mesmo assim, para começar os preparativos do funeral e passar uns dias arrumando as suas coisas. Haveria uma estranha leveza no clima da casa, a melancolia atravessada por uma sensação de alívio diante do seu falecimento, assim como experimentamos duas décadas atrás quando Ah Gong morreu e você mesma disse: Pelo menos agora ele não tá mais sentindo dor.

Estacionamos o carro na rua de trás, que está sempre fedendo a titica de galinha, e me lembrei do sentimento de solidão que sempre tomava conta de mim quando eu era pequeno e vinha passar as férias escolares com você, longe da minha vida na cidade. Eu queria poder falar com carinho sobre a nostalgia que é retornar ao vilarejo da família, mas no meu caso nunca foi bem assim. Tio C. estava esperando a gente na rua, protegendo a vista contra o sol do meio-dia. Tem uma coisa estranha acontecendo, ele disse. Entramos na cozinha e lá estava você de pé diante da chaleira, esperando a água ferver. Você estava com uma toalha ao redor do pescoço, seu cabelo, sempre cacheado e tingido de preto, estava recém-lavado e você tinha vestido uma blusa nova e calça preta. Você tentou levantar a chaleira, mas não tinha a força necessária; o esforço fez suas pernas tremerem. Como se você não tivesse percebido que seu corpo não dava mais conta.

Tio C. sussurrou: Faz umas boas semanas que ela não consegue parar em pé.

Você ergueu os olhos e viu a gente parado ali. *Entrem, entrem*, você disse, me chamando pelo meu apelido de infância, *você deve estar com sede, a vovó vai te fazer um chá*. Você se referiu a si mesma na terceira pessoa, como sempre fez. Foi como se a gente tivesse se visto todas as semanas durante as três últimas décadas — como se não existisse um abismo entre nós dois.

Você me levou até a sala de estar e se sentou ao meu lado no sofá coberto com capa plástica. Seus olhos estavam injetados e exaustos, mas você ainda ansiava por companhia. Pude ouvir meus pais conversando em tons abafados e urgentes com

Tio C. no cômodo ao lado, porém não consegui entender o que eles diziam porque eu estava concentrado na sua voz.

É esse momento — tão breve e ainda assim eterno — que hoje em dia me vem à mente, quando estou no ponto de ônibus ou prestes a pegar no sono. Você está conversando comigo, seu rosto todo irradia o prazer de estar viva ainda que você mesma saiba que está morrendo. Fala com uma liberdade que eu nunca vi em você antes, me conta coisas sobre meu avô, sobre si mesma, incidentes que nem minha mãe deve conhecer. É porque você sempre foi próximo da vovó, minha mãe dirá algum tempo depois, mas na verdade é justamente o contrário. Você está me contando todas essas coisas porque nos distanciamos, e às vezes é mais fácil abrir o coração com um estranho.

Sozinho ali com você, no que sabemos que será nossa última conversa, me dou conta de que a história da nossa relação é a história da separação.

Nossa proximidade se mede na distância entre nós.

*

Quando eu fazia faculdade na Grã-Bretanha, um dia me vi conversando com um colega, um loiro esguio que vinha de uma família antiga e importante e que naquele momento fazia um resumo da própria genealogia. Só *um lado* da minha família é da aristocracia, ele riu, o outro lado é de gente que fez dinheiro na indústria no século XIX. Fui ouvindo com atenção enquanto ele pacientemente explicava a hierarquia de duques, marqueses, condes e assim por diante. Eu era novo no país e estava fascinado com o interesse que as pessoas tinham pela origem social — fascinado, também, com o modo como os britânicos transformavam esse interesse em algo tão casual que toda e qualquer curiosidade sobre a situação familiar de alguém parecia uma pergunta quase corriqueira, complementar aos bons modos.

Era hora do almoço. Outros estudantes se juntaram a nós, acomodando as próprias bandejas em cima das compridas mesas do refeitório e logo entrando no ritmo da conversa sobre famílias e linhagens enquanto comiam um prato curioso do qual eu tenho uma lembrança vívida, *frango à la king* (os hábitos alimentares britânicos, que me pareciam complexos e exóticos até demais, também estavam entre os meus primeiros fascínios com o país: se o jantar às vezes era chá, quando era a hora do chá? Por que o chá às vezes eram sanduíches cortadinhos, às vezes ovos com batatas fritas? A ceia era a mesma coisa que a janta? Estava longe de ser a mesma coisa que o *siew-ye* que a gente comia na Malásia. Também me desnorteavam a questão pedagógica — por que chamavam as escolas particulares de escolas *públicas*? —, a terminologia para toaletes, bacias de plástico dentro das pias de cozinha e assim por diante).

Eu sempre fico *chocado*, o loiro declarou, quando as pessoas não sabem o nome de solteira das quatro bisavós. Ele foi chamado de "filhinho de papai" pelos outros colegas da mesa, mas estes ainda assim aceitaram o desafio e conseguiram desenterrar os nomes de uma ou duas bisavós, ou ao menos alguns fatos notáveis da vida delas — uma era filha de um marujo da Galícia que pegou uma tempestade em alto-mar e acabou indo parar no País de Gales; outra era pastora de ovelhas na Cúmbria; ainda outra era rendeira, da qual algumas peças foram passando de geração em geração até chegar às bisnetas. Uma das bisavós teve um caso com um certo conde francês cujo pai tinha sido a inspiração por trás de um personagem secundário de *Em busca do tempo perdido*.

Fiquei calado e ri, como se tudo aquilo fosse uma piada, para esconder o fato de que eu estava pensando em você; para esconder o meu desconforto por não fazer a menor ideia de quem era a sua mãe. O nome dela já foi apagado há muito da memória coletiva de nossa família — do nosso país também. Do rosto dela, ninguém se lembra. A risada dela, as coisas que a deixavam feliz ou enraivecida, as pessoas que amou, aqueles que a oprimiram: nada ficou guardado.

É a mesma história do outro lado da família, e também a de quase todos os amigos da Malásia quando faço a pergunta que o garoto loiro me fez. Você sabe quem foram seus bisavós? A resposta mais detalhada que recebo é: *Devem ter sido operários que vieram de Madras ou sei lá, lavradores na província de Fujian.*

Todo o resto se perdeu.

*

Ninguém sabe exatamente em que ano você nasceu, nem onde. Tudo o que sabemos é que você nasceu em um vilarejo remoto, um amontoado de casinhas de madeira, enfurnado na selva. *Um lugarzinho bem ulu*, segundo a descrição da minha mãe. Ela deduz a inacessibilidade e a pobreza do seu local de nascimento do fato de que você um dia contou a ela que, quando seu pai morreu — você ainda era uma garotinha na época —, o corpo dele teve que ser transportado de carroça de boi até o hospital mais próximo. *Arrastaram ele de* gu-chia *pra fora da selva.*

Não passou pela cabeça da minha mãe perguntar onde ficava esse lugar, e você também não entrou em detalhes. Você, já naquela época, acreditava que a sua história não era importante. Nascer menina em uma família pobre no início do século XX significava se conformar com algumas certezas: você não iria para a escola, mas iria sim começar a trabalhar bem cedo na vida, você se casaria com o primeiro homem decente que tomasse a iniciativa, teria filhos com esse homem, a sua vida teria menos importância do que as outras vidas da família. O seu passado, tal qual o seu presente, cederia lugar para o futuro dos outros.

Mas também, como é que você contaria a sua história, mesmo para aqueles que eram mais próximos? Uma vez, minha irmã — ainda bem nova, nos primeiros anos da escola — perguntou qual tinha sido sua matéria preferida na escola. Eu também ainda era criança, só que já tinha idade suficiente para compreender o constrangimento contido na pergunta. Ainda que você nunca tivesse falado sobre a própria infância, eu sabia que não tinham deixado você frequentar a escola; que a sua inteligência e o seu humor mascaravam a ausência completa de educação formal; que o simples ato de nos sentarmos em uma sala de aula aos seis ou sete anos de idade já fazia com que eu e minha irmã fôssemos diferentes de você.

Eu sequer consigo me lembrar de você falando sobre si mesma: se estava feliz ou triste com algum ocorrido na família ou no vilarejo — você só abria a boca para falar do bem-estar dos outros. Perguntava do nosso dever de casa, se a gente estava se alimentando direito, como estavam nossos amigos. Você queria que as nossas vidas jovens ficassem com todas as atenções enquanto a sua própria era de bom grado relegada às sombras.

Uma vez eu estava na loja da família — uma lojinha modesta que ocupava metade do primeiro andar desta velha casa onde estamos sentados agora. Era uma daquelas horas tranquilas do dia, logo depois do almoço, quando o calor da tarde ardia tão forte que as ruas ficavam desertas. Eu estava prestes a me sentar no meu lugar cativo logo na entrada da loja, onde tomava conta do caixa e vendia sabonetes e escovas de cabelo e xampu, e as mulheres que vinham dos vilarejos mais próximos da selva vez ou outra compravam algo baratinho comigo, uma barra de sabonete Popinjay ou uma caixinha de grampos de cabelo, porque achavam divertido negociar com um menino da cidade grande. Naquele dia você estava sozinha na loja, conversando com uma cliente que queria comprar panos de prato. Ela falava mais alto do que o normal. Eu não conseguia ouvir o que ela dizia, mas o tom era agressivo, a velocidade das frases indicava que a conversa não tratava apenas do preço. O ambiente estava entrecortado pelo zumbido das válvulas de ar da borracharia ao lado. Ouvi a mulher dizer a palavra *cina*, as duas sílabas arrastadas, causando uma repentina e terrível lentidão no ritmo da frase, quando aquela única palavra passa a significar mais do que *chinesa*, e aquilo que você é se transforma em um insulto.

Você continuou sorrindo, emitindo sons pacificadores, tá bem, *beeem*, enquanto dobrava os panos com cuidado e devolvia tudo à prateleira. Eu fui até você e perguntei como estava. Você sorriu e disse, Já tô acostumada, aprendi a lidar com muito cliente esquentadinho no lugar onde trabalhei quando era jovem.

Que lugar era esse?

Ficava lá em Ipoh.

Não consegui encontrar um jeito de fazer mais perguntas sobre o seu trabalho e o que ele significava para você. Não parecia um bom momento — nunca pareceu. O jeito como você sorriu me trouxe mais dor do que alívio, e eu não entendi o porquê.

*

Ao fim do meu primeiro ano na Grã-Bretanha eu achava que tinha decifrado a maioria dos códigos da vida cotidiana. Aprendi que, quando me perguntavam como eu estava, a resposta correta não era dizer que eu estava morrendo de saudades de casa, ou infeliz por conta do tempo fechado e da garoa, ou provavelmente lutando contra a depressão, mas sim que eu *estava bem*. Nem foi tão difícil agir assim, até porque era algo parecido com o costume asiático de cumprimentar uma pessoa perguntando se ela já tinha almoçado ou jantado, e em ambos os casos a resposta seria sempre sim, ou então, vou comer agora — um jeito de expressar preocupação que não carregava nenhuma preocupação sincera.

Na universidade, os estudantes bebiam até altas horas e me explicavam como dar cabo de canecos inteiros de cerveja mesmo com o bar prestes a fechar. *É só abrir a goela e meter tudo pra dentro.* Os caras faltavam às aulas da manhã seguinte e saíam dos quartos só na hora do almoço ou durante a tarde com os olhos injetados, mas no fim do ano tiravam notas esplêndidas, anunciando os resultados da maneira mais casual possível, como se fossem uma mera consequência acidental e ainda assim inevitável. *É, parece que fiquei em primeiro lugar.* Pois o que eu descobri foi que, depois de ir embora do bar, eles cochilavam até a onda do álcool passar e então estudavam com afinco durante as primeiras horas da manhã. Aprendi que a qualidade que mais valorizavam era a genialidade desinteressada; levar a coisa muito a sério ou se dedicar de corpo e alma não era visto com bons olhos. Essa indiferença premeditada era o completo oposto de tudo aquilo que eu conhecera e priorizara durante uma criação na qual o compromisso explícito com bons resultados era o alicerce para o progresso social em nível coletivo e individual. De toda forma, não foi tão difícil assim decodificar essa postura oblíqua. Por ter crescido numa família chinesa étnica na Malásia, eu aprendera aquilo que minorias de todos os cantos do mundo acabam aprendendo por instinto: você precisa provar que trabalha duro e que tem valor para a sociedade, mas também não precisa exagerar a ponto de virar uma ameaça, e por isso você faz de tudo para não chamar a atenção. A autodepreciação era o segredo da sobrevivência.

Qual era a diferença entre a autodepreciação e a insinceridade? Nenhuma, talvez.

Aprendi a discernir sinais de capital social, o que envolvia inverter boa parte dos costumes que eu compreendia. Uma gola puída, ou um suéter com furos ou apenas roupas com ar de velharia, que em casa seriam considerados uma vergonhosa indicação de pobreza, aqui representavam o oposto, não só uma mostra de riqueza como de riqueza *de família*. Tal fronteira entre dissimulação e discrição fazia sentido para mim. Abrigava um certo silêncio, e o silêncio era algo que eu entendia bem.

*

Tenho dezessete anos, estou sentado na loja, lendo, fazendo anotações. Eu deveria estar atendendo os clientes, mas não tem muita gente, e quando alguém enfim dá as caras eu não presto muita atenção, de modo que a pessoa fica livre para dar uma olhada e ir embora. Eu me tornei um adolescente rabugento, enredado em minhas próprias questões e pouquíssimo interessado na vida dos outros. Já faz um bom tempo que meu desempenho na escola vem deixando a desejar, só que no último ano comecei a sentir certa urgência que não tem tanto a ver com os estudos, e sim com a ideia de fugir e me reinventar, de levar uma vida totalmente diferente do tipo de vida que me aguarda. Não tenho muito interesse nos livros ou nos estudos, mas percebo que eles são um meio para atingir esse objetivo, a única solução que vejo para transformar minha vida em algo diferente. Você entra na loja e pergunta: O que você tá estudando? Eu mostro a capa e continuo lendo.

É sobre o quê?, você pergunta. Seu cheiro é fresco; está quente, e você acabou de passar talco no pescoço para evitar coceiras no calor.

Um rei, eu respondo depois de algum tempo. Um rei que não reconhece a filha que ama ele, até ser tarde demais.

Ih, por quê?

Eu dou de ombros. Porque ela não diz isso pra ele.

Mas a verdade é que eu não falo mais nada porque não consigo entender o livro, eu sequer sei o significado de metade das palavras na página, as frases não fazem sentido para mim.

Dali a vinte anos eu vou dar aulas e palestras sobre escrita e literatura, e as pessoas — quase sempre ocidentais — vão me questionar sobre a absorção da mentalidade colonial, sobre o motivo pelo qual escrevo na linguagem do homem branco, e vou ter que ponderar as dinâmicas entre o dominante e o escravizado, o *white gaze*, a celebração da língua vernácula, das culturas subalternas; e às vezes vou pensar em você, e me perguntar como é que você se encaixa no meio disso tudo.

Como daquela vez na Austrália quando, depois de uma de minhas leituras, um homem bem-intencionado de cabelo ruivo desbotado, vestindo uma calça tailandesa tipo pescador e uma camisa meio chinesa, se levantou e me cumprimentou com um *apa khabar* para então me perguntar se eu tinha escolhido escrever em inglês porque assim vende mais, e se eu me considerava uma vítima das forças do mercado capitalista ocidental. Ou será que era porque eu tinha uma *mente colonizada*? (Eu sorrio e lembro de você.)

Tudo isso só vai acontecer bem depois. Neste exato momento estou concentrado em decifrar as palavras na página diante de mim. Muito do que está ali é impenetrável, mas uma frase eu compreendo por instinto e por inteiro:

Ama em silêncio.

*

Depois que o seu pai morreu, mandaram você para ir morar com sua tia em Ipoh. (Sua mãe já tinha falecido, logo depois de dar à luz o seu irmão caçula. Mais uma vida que ficou sem registros, perdida para sempre, apesar de todas as tentativas de recuperá-la — eu não sei o nome de solteira dela e também não consigo encontrar ninguém que tenha alguma informação sobre ela. Quantos anos tinha quando morreu; nem mesmo o nome dela. *Com gente pobre é assim mesmo.* É a frase que escuto, traduzida do hokkien ou do cantonês, com tanta frequência que já não faço mais perguntas.)

Colocaram você para trabalhar — vendeu rifas, limpou o chão de uma cantina, uma variedade de trabalhos braçais. Só que você era esperta, todo mundo via, e conforme você crescia foi ganhando trabalhos mais importantes tipo fechar o caixa no fim do dia, às vezes até fazer um pouco de contabilidade. Você sabia lidar com pessoas, sempre alegre, a clientela gostava de você não importava onde trabalhasse. Durante a adolescência você entregava o salário para a sua tia, a fim de ajudar os seus irmãos mais novos e provavelmente os filhos dela também, todos vocês que viviam debaixo do mesmo teto. Você gostava de passear, mas as oportunidades eram escassas. Quando não estava trabalhando para ganhar dinheiro, estava trabalhando dentro de casa — o destino de uma menina órfã como você era ficar à mercê dos outros.

Havia rapazes no horizonte, jovens que te levavam para dar uma volta pela parte antiga de Ipoh; mãos dadas, um pouco de *pak-torh*, vagas promessas de casamento. E como não haveria? Você era inteligente, linda, dona de uma empolgação sem fim. Uma mulher asiática da sua geração não deveria ter uma vida romântica antes do casamento, ao menos não uma vivida às claras. O que quer que tenha acontecido entre quatro paredes — com homens ou mulheres — deve ser apagado em nome da história oficializada do amor matrimonial; o casamento vem para validar a sua existência e visibilizar você diante do mundo. O mesmo aconteceria na geração da minha mãe, e quem sabe talvez ainda hoje. Vez ou outra, entreouvindo as conversas do meu pai com os amigos, ouço piadas sobre ex-namoradas em Kota Bharu ou Kuala Krai; mas nenhuma menção a ex-namorados no círculo de amigas da minha mãe.

Porém, neste pequeno instante efêmero que estamos compartilhando, você diz: *Eu já tinha uma vida feliz antes de me casar com o seu Ah Gong.* Os seus olhos estão brilhando com um fulgor silencioso enquanto você fala, embora seu corpo esteja tão fraco que você treme ao falar e precisa agarrar o braço da poltrona para não perder o equilíbrio.

Você tinha um namorado, mas sua tia não aprovava o relacionamento — não tanto por conta do rapaz, e sim porque ela não podia abrir mão da sua presença na vida doméstica. O dinheiro que você ganhava dava para pagar a comida e a escola dos seus irmãos mais novos, e além disso você trabalhava duro, tinha tanta força mesmo sendo tão pequena. Você limpava a casa, lavava as roupas, preparava as refeições, mantinha tudo em ordem. O tal namorado não era rico o suficiente para pagar à tia um dote que conseguisse compensar a sua ausência em casa. Na Malásia provinciana do fim dos anos 1940, todo mundo via que você era muito mais do que aquilo que constava no papel: a órfã de camponeses paupérrimos.

A Segunda Guerra Mundial chegara ao fim fazia pouco tempo, e a vida nas cidadezinhas malaias estava começando a entrar nos eixos. Você não tinha como saber que, a milhares de quilômetros de distância, os funcionários públicos da Grã-Bretanha cogitavam lá de Whitehall a possibilidade de bancarrota da ilha, agora que as campanhas militares haviam acabado. O antigo Império Britânico estava em frangalhos, mas a Federação Malaia ainda era o maior produtor de estanho e borracha do mundo, crucial para os cofres britânicos e seus esforços de reconstrução. Aquela montanha de comida enlatada durante os longos anos de racionamento e prudência na Grã-Bretanha da metade do século passado só existiu graças aos homens e mulheres que trabalhavam na região onde você viveu, que todos os dias faziam as refeições na cantina em que você trabalhava. Os mineradores de estanho, os comerciantes, os impressores, os produtores de frutas, os fabricantes de linguiça; as pessoas que estavam ao seu redor enquanto você se tornava adulta.

Nem mesmo sua tia podia ignorar o fato de que você tinha idade para arranjar marido já fazia um tempo, e que logo estaria velha demais para casar em troca de um dote. Era assim a vida naquela época, você diz. *Fazer o quê?* Você ri, e é neste pequeno instante de gracejo que eu noto como você entendia bem o seu dilema. Uma mulher jovem com a vida toda pela frente enquanto o mundo decidia o destino dela.

*

Como posso me lembrar de você sem abrir mão da minha modernidade? Certa vez escrevi um romance povoado por personagens da sua geração, gente que poderia ser você. Eles enfrentaram a guerra e fizeram o necessário para sobreviver, assim como você. O romance vendeu muitos exemplares e foi amplamente comentado; jovens escritores começaram a tentar publicar os próprios manuscritos. Um editor que estava na moda, radicado na capital, escreveu em uma rede social: *Não estamos interessados nas histórias da sua avó sobre a guerra, nem no tipo de sapato que ela usava quando era jovem.*

É isso que significa ser moderno na Ásia de hoje: espera-se que você se desprenda do passado e viva apenas no presente, sem levar em consideração as pessoas que moldaram quem você é. Lembrar é ser nostálgico, ou, pior ainda, colonizado. Escrever sobre a nossa ancestralidade e sobre todos os elementos que fazem com que nós mesmos e a sociedade em que vivemos sejam diferentes — e complicados e às vezes até mesmo atormentados — é ser fraco.

A ironia se esconde no fato de que você, até hoje, nunca me contou do seu passado, ao menos não em detalhes. As pessoas da minha geração na Ásia logo cedo entenderam que vamos ter de conviver com o profundo silêncio que circunda a sua geração, e até a dos meus pais, e que não vamos ter a oportunidade de processar o trauma histórico de maneira coletiva.

Não é de agora que eu e você firmamos uma trégua com o passado: eu trabalho duro e faço com que a minha vida seja representativa da sua; as suas mágoas desaparecem da página, e as suas alegrias também.

Já faz certo tempo, um trecho dos parágrafos de abertura deste livro foi publicado em uma famosa revista americana. Sugeri à minha mãe, que de hábito não lê os meus livros, que ela talvez fosse gostar daquelas páginas, já que falavam de seu pai. Depois de alguns dias ela me ligou e disse que *era bom*, mas que eu havia me enganado quanto a um detalhe. Eu cometi um erro quando disse que meu avô fizera sozinho a perigosa viagem até a Malásia.

Havia um outro menino saído do mesmo vilarejo do meu avô na província de Fujian, e os dois adolescentes tinham viajado até a Malásia juntos. Minha mãe sabia disso porque certo dia a família recebeu uma ligação vinda de Tanjung Rambutan, o infame hospital psiquiátrico da região, a respeito de um paciente que estava em péssimo estado de saúde. Ele não tinha família e fora encontrado vagando pelas ruas de Ipoh. O único nome que ele conhecia era o do meu avô. Meu avô não poderia, então, acolhê-lo? Seguiram-se sérias discussões em casa, segundo minha mãe. Não deixe esse homem entrar aqui, argumentaram alguns membros da família, ele vai nos trazer azar. Mas meu avô insistiu. Era seu dever; não podia abandonar seu amigo de infância, ainda que os dois não se falassem havia décadas.

O homem chegou e passou três dias sentado quieto em uma cadeira, enredado num mundo de silêncio e solidão. Não respondia às tentativas de conversa, mas era educado ao aceitar as refeições. Ele parecia feliz só de estar nas margens do que, àquela altura, era uma casa agitada. No quarto dia ele se matou afogado no rio que ficava no fim da rua.

Houve uma pausa demorada ao telefone. Em seguida minha mãe perguntou: Então, o que é que você vai fazer pro jantar?

Descrevi o prato que estava cozinhando, algo bem corriqueiro, não me lembro o quê. Ela pediu mais detalhes — que tipo de legume, que tipo de peixe — e eu forneci as respostas. Não consegui encontrar um jeito de perguntar mais nada.

Alguns dias depois, quando eu já havia superado o pior da frustração diante da minha falta de habilidade para me expressar, cogitei a possibilidade de ligar para minha mãe e perguntar o motivo pelo qual ela nunca me contara nada daquilo. Já sentia que eu mesmo estava conspirando para enterrar aquela história. Eu estava tão cheio de trabalho, tinha jantares com amigos naquela semana, estava de mudança para um novo apartamento; mas não conseguia me concentrar em absolutamente nada. A vida daquele homem falava da morte da ambição, do desenraizamento do imigrante, do acaso, da solidão. Eu tinha que apagá-lo dos meus pensamentos caso quisesse aproveitar a minha própria vida. Sentia estar me desapegando dos detalhes daquela história, querendo que se tornassem borrados e inofensivos, menos concretos.

Antes que perdesse a coragem, liguei para minha mãe e perguntei: Por quê?

Ela disse: *Aiya, que chatice, o que é que tem pra contar nessa história?*

*

Por mais reservados que fossem à primeira vista, os britânicos volta e meia ainda conseguiam me abalar, em especial quando falavam de suas famílias. Alguns dos meus colegas — que, pelo que me parecia, eram de uma classe média estabelecida — resmungavam de ter que pagar aluguel aos pais quando tiravam uns anos de folga antes de entrar na faculdade, uma transação comercial que na minha opinião era cruel e impiedosa. Eu precisava fingir que achava natural os pais também serem arrendatários dentro de um arranjo no qual o parentesco virava uma questão de cálculo, de sereno antagonismo; no qual descontos no aluguel (do quarto que alguém ocupara desde a infância) podiam ser negociados em troca da realização de tarefas domésticas.

Uma vez eu estava conversando com uns amigos, incluindo outra malaia que conheci no check-in do aeroporto de Subang e de quem continuei amigo desde então. Uma outra amiga estava falando, uma mulher branca britânica que vivia no bairro londrino de Dulwich, gastando saliva sobre a relação complicada que tinha com os pais. Quando era mais nova, acreditara que a relação com eles era normal, mas agora tinha se dado conta de que não era o caso. Os pais não a deixavam sair muito com as amigas; diziam que amavam demais a filha e só queriam protegê-la. O irmão, mais velho e com mais liberdade, podia viver como quisesse, contando com a ajuda dos pais sempre que necessário. Não é que eles passassem a mão na cabeça do filho ou nada do tipo, mas ela lembrava que seus pais sempre falavam com ele como se fosse um adulto, deixando-o escolher, pedindo-lhe opiniões. Tinha sido só recentemente, com a ajuda da terapia, que ela chegara à óbvia descoberta: o pai a amava *demais*, a mãe não a amava *nem um pouco*. Agora já era adulta, não precisava do amor da mãe, mas uma parte dela ainda sentia aquela necessidade. Ela só então estava se dando conta, disse, de que a mãe tinha *acabado completamente* com o emocional dela.

O resto do grupo emitiu grunhidos de apoio, e eu não sabia o que dizer. Eu a conhecia há menos de um ano e não tinha ideia de como deveria reagir. Olhei para minha amiga malaia, e ela — que na nossa terra me parecera ser uma pessoa extrovertida e ousada — estava com os olhos voltados para a própria caneca de chá. O que nos unia era uma falta de jeito, eu e ela ao mesmo tempo paralisados por e apavorados com aquela revelação franca sobre as relações familiares, nosso desconforto causado por aquela comparação forçada e implícita entre aquilo e a forma como nos comunicávamos em nossas famílias. Essa amiga, mais corajosa do que eu, enfim declarou: Mas ela é sua mãe, ué.

Nossa amiga riu e deu de ombros. É, como eu disse, a coisa ali acabou mesmo.

Mais tarde, quando voltávamos para nossos dormitórios, minha amiga malaia e eu tentamos fazer pouco-caso do embaraço momentâneo que sentimos, dizendo que eram só diferenças culturais. Aqui no Ocidente a cultura é essa, dissemos um ao outro; na Ásia, a gente tem outros jeitos de se comunicar.

*

Contrataram uma casamenteira. Algumas entrevistas foram arranjadas, mas acharam que você era velha demais ou franca demais, rápida demais para dar sua opinião. Os candidatos a noivo eram filhos de gente do interior, sem educação formal e uma mente rápida que nem a sua, uma inteligência sutil feito a sua. Falavam dialetos chineses, um pouquinho de malaio, nada de inglês. Você passara anos trabalhando naquela cantina, conversara todo dia com pessoas que falavam todo idioma que havia nos Estados Federados, ricos comerciantes de Kuala Lumpur e Singapura, até mesmo funcionários públicos da Grã-Bretanha. Você aprendeu a falar todos esses idiomas, aprendeu a falar inglês. Isso tornava você assustadora aos rapazes simplórios que conheceu, eles próprios sofrendo para encontrar o par perfeito. Você era direta demais, engraçada demais, teimosa demais, imprevisível demais. Você sabia o que queria.

Por que é que você não escolhe um moço e se casa logo de uma vez?, a sua tia perguntou. Daqui a pouco ninguém vai querer casar com você, vai ficar velha e acabada, uma *ma che*, uma *laochunü*. Porque não, você respondeu. Porque eu não me importo.

As propostas começaram a minguar; a casamenteira, então, aumentou o raio de busca, e por fim surgiu um pretendente. Um homem mais velho, um viúvo cuja esposa morrera de tuberculose havia pouco. Ele queria encontrar uma mulher que fosse uma boa mãe para as duas filhas pequenas; alguém jovem e de corpo bom o bastante para dar o filho e herdeiro que ele tanto queria. Não era um homem empolgante, não era jovem nem bonito e tampouco muito rico, mas era atencioso e decente e tinha um temperamento tranquilo. Era dono de um negócio próprio bem modesto, uma lojinha que vendia de tudo em uma cidade de interior às margens do grande rio que corta a região. Ele falava hokkien, o mesmo dialeto que você. Ele ofereceu um dote, nada espetacular, ainda assim aceitável aos olhos da sua tia. Dali a pouco você estaria casada e de mudança para o andar de cima da construção que abrigava a loja e ficava na rua principal da cidade.

Entre as suas qualidades listadas pela casamenteira, a principal era que você *era trabalhadeira*, um atributo que escuto ainda hoje, para descrever mulheres vindas de famílias em dificuldade, ou que se casam nas regiões rurais, incluindo até algumas das minhas parentes. *Não tem muito estudo mas é trabalhadeira*. A frase indica resiliência física e também emocional, uma capacidade de aguentar longas horas de trabalho — cozinhar, limpar, cuidar dos próprios filhos e das crianças do lado menos afortunado da família, ajudar o marido com os afazeres dele —, mas acima de tudo pressupõe uma aptidão natural para o autossacrifício. Uma pressuposição de que seus próprios desejos e ambições serão jogados para escanteio, até mesmo aniquilados, pelo bem da sua nova família. Todo e qualquer contentamento será derivado precisamente dessa falta de alegrias individuais: você terá que buscar a felicidade na ausência da felicidade. Você vai encontrar consolo na expressão chinesa *chi ku*, algo como *engolir a mágoa*, porque o sofrimento é algo digno de admiração; é assim que os desprivilegiados justificam a dureza da vida deles, transformando-a em virtude. Em pouco tempo você vai se pegar dizendo que uma fulana ou outra teve uma vida difícil. Parece comiseração, mas na verdade é um elogio.

Só que essa não foi a história que você criou. Você seguiu o roteiro, mas o editou à própria maneira. A sua presença trazia uma espécie de leveza, uma suspensão temporária das angústias. Você se recusou a ser a madrasta ressentida e rancorosa que estava lá para ocupar o lugar de outra pessoa. Você deu ao lar da família uma nova energia, os muitos anos que passou cuidando da casa da sua tia e tomando conta dos irmãos fizeram essa vida parecer fácil. Você reorganizou a lojinha que o seu marido construíra a duras penas, e logo os negócios iam de vento em popa, as pessoas gostavam de ir até a loja para jogar conversa fora com você. Antes da sua chegada o lugar andava meio caído, mal iluminado, sob o comando do meu avô, que falava pouco, de uma timidez que era interpretada como severidade. Você era mais eloquente, em cantonês e malaio e inglês, sabia atrair as pessoas. Você criou as meninas como se elas fossem sangue do seu sangue, mandou as duas para a escola, deu a elas as oportunidades que você não teve. Se antes a vida daquele homem e das filhas lembrava uma batalha sem fim, agora parecia conter alguma esperança.

*

Nas minhas primeiras férias de verão na universidade, peguei o ônibus até a França, que eu jamais visitara. Numa praia com uma estreita faixa de areia ao sul de Montpellier, comi sorvete de iogurte, bebi *panaché* e fiquei morgando ao sol. Ao meu redor havia famílias de férias, pais e mães tranquilos e sonolentos, observando os filhos brincando na beira do mar. Eternas crianças, bronzeadas e graciosas, escavando buracos na areia ou pulando as ondinhas que vinham quebrar na orla. Naquele verão sem fim, mesmo as crianças já mais velhas, andando com um possível namorado ou namorada, pareciam deter uma leveza pueril.

Em Paris acontecia uma manifestação de estudantes do ensino médio. Eu me sentei em um café e dali ouvi os discursos de megafone, os apitos, os gritos de protesto. Perguntei ao garçom qual era o motivo e ele apenas deu de ombros, balançando os cotovelos num gesto exagerado por um segundo. Aqui na França sempre tem protestos, ele respondeu. Mais tarde, ao caminhar com a multidão, vi o rosto dos estudantes, que reluzia com um orgulho e um tipo de coragem que me eram desconhecidos, uma confiança inabalável na juventude e no fazer parte de algo — de pessoas que sabiam muito bem que ainda eram jovens, e que poderiam mudar o país que lhes pertencia. Eu não era tão mais velho do que eles, mas sua energia e seu poder me deixaram triste — e ainda que eu não pudesse dizer ao certo o motivo, sabia que tinha algo a ver com o fato de eu me sentir mais velho do que a idade que tinha, e com o meu silêncio.

*

Havia também a questão da sua vida afetiva. Do amor. Seu casamento foi arranjado, mas isso não te impediu de querer mais do que uma mera transação — de esperar mais do que só estabilidade. Você desejava um parceiro, alguém com quem pudesse rir, mas não foram poucas as vezes em que você não soube o que fazer com aquele homem atencioso e taciturno, que não conseguia comunicar o que sentia e tinha dificuldade de acompanhar a velocidade dos seus pensamentos. Você não sabia se ele gostava da sua jovialidade e do seu gênio forte, que fazia o resto da família te chamar de *teimosa*. Vez ou outra você pensava se não seria melhor ser um pouco mais recatada e obediente, como as outras mulheres da sua idade, mas aquilo era mais forte do que você — o seu entusiasmo, a sua recusa em dar o braço a torcer. *Fazer o quê?*

Fora a questão da intimidade física. Você não deveria ter expectativa alguma, mas tinha; queria dar e receber carinho. Você também sabia que seu marido desejava um filho para assumir os negócios — sabia que, por mais que ele amasse as meninas, só um menino serviria. Quanto tempo demorou até você descobrir tudo o que já tinha acontecido com o seu marido antes do casamento? Até descobrir que ele havia sido torturado durante a guerra, assim como tantos outros chineses étnicos que viviam nas áreas rurais, e que agora *não podia mais ter filhos*. Quanta frustração vocês dois devem ter suportado até perceberem a impotência dele, que aliás talvez explicasse sua timidez, e suas eventuais crises de fragilidade. Ele teria um aparelho digestivo debilitado pelo resto da vida, os rins também, e você sentiria uma superioridade meio esquisita, uma sensação incômoda que carregaria até o último dos seus dias, apesar das tentativas de ignorá-la.

Você estava sempre alerta para tornar sua inteligência menos óbvia ao lado dele, ainda mais se outras pessoas estivessem por perto; evitava falar daquilo que lia nos jornais, segurava a língua sempre que percebia ter passado dos limites. Você reconhecia que as pessoas se sentiam muito mais à vontade com você do que com ele, especialmente os netos e netas, e fazia de tudo para dividir esse afeto de maneira igualitária, incentivando as crianças a passarem tempo com ele, uma de cada vez, quando na verdade todas elas preferiam ficar só na sua companhia. Você declarava que ele amava todos os netos, apesar do silêncio. Rindo, você dizia: *Sabe como é, gente velha que nem o seu Ah Gong não sabe falar dessas coisas.*

*

Chegou aquele momento da vida universitária em que todo mundo começou a pensar em conseguir um emprego. Empresas de Londres enviavam representantes para recrutar estudantes ávidos, e não havia um dia em que o local onde ficava a caixa de correio não estivesse repleto de um ar de antecipação, enquanto algumas pessoas recebiam ofertas de emprego por escrito e outras continuavam na expectativa. Durante o almoço, tinha gente que mencionava o emprego com uma reticência exagerada que mais parecia ostentação: *Quer dizer então que eu vou pro Morgan Stanley*, quase como se tivessem esquecido de como conseguiram aquela proposta de trabalho lucrativa.

Um grupo me fascinava mais que os outros — o das pessoas que apenas davam de ombros e anunciavam que iam ser escritoras. Acho que vou acabar indo pra Londres pra terminar de escrever o meu romance, diziam. O processo de *acabar indo* me parecia lotado de obstáculos, mas nada que abalasse aqueles jovens rapazes e moças com personalidades de escritores já bem definidas. O maior entrave de todos era a ausência de um emprego e, portanto, a falta de dinheiro. Como eu ia conseguir alugar um apartamento sem dinheiro? Para não falar da alquimia necessária para publicar um romance, antes de costurar uma carreira de escritor. Nenhuma palavra era dita sobre o que acontecia depois que o romance fosse concluído. Como é que *acabar indo* para Londres significaria ser a próxima Margaret Atwood? Demorei algum tempo para entender que muitos desses jovens escritores e escritoras tinham pais advogados ou professores universitários, ou até mesmo escritores de sucesso. Podia parecer complexo, mas *acabar indo* para Londres e publicar um romance era um processo que eles fariam de um jeito ou de outro, graças a uma imensa rede de experiências coletivas que continuou desconhecida para mim. Na época, tudo o que eu ouvia eram as vozes dos meus pais perguntando afoitas: *Já arrumou emprego?*

Eu precisava encontrar um jeito de transformar meu desejo de escrever no estado mágico de ser um escritor, então participei de um workshop comandado por um autor famoso. Reproduzo aqui alguns dos conselhos que anotei durante o encontro, num caderno que logo mais vou despachar para a lixeira:

Nunca vá direto ao ponto e nunca seja óbvio.

Ninguém quer saber de livros de memórias sobre infância sofrida.

Se você precisa escrever sobre trauma, procure ser indireto — que tal usar um animal como narrador, ou até um objeto inanimado, tipo uma cadeira?

*

Você foi se preocupando cada vez menos em ocultar aqueles momentos que eram só seus conforme foi envelhecendo, e com frequência te encontrávamos assistindo a lutas na TV e bebendo um copão de uísque, tão cheio que mais parecia chá, e era isso que dizíamos aos netos mais novos, embora eles soubessem que não era verdade. E não estamos falando da elegante *lutte* greco-romana: você gostava mesmo era da teatralidade estapafúrdia do *wrestling* de Randy Savage, André the Giant, Jake the Snake e de um jovem Hulk Hogan. Os netos te rodeavam enquanto você gargalhava e vibrava a cada golpe que atirava o oponente no chão e a cada chute falso na cabeça, que você insistia serem de verdade, apesar de nossos protestos. Quem sabe por que você adorava aquele espetáculo com cabelos longos empapados de gel, músculos torneados e violência desmedida entre homens? Você nunca ficou bêbada, nunca teve que sofrer as consequências do rosto avermelhado que afligia o resto da família quando bebia demais; você apenas ria, sentada bem quietinha, como se reconquistasse uma inocência perdida cedo demais.

Nesses momentos eu me reconhecia em você e vislumbrava como eu poderia ser quando atingisse a sua idade, nós dois tentando reaver infâncias abandonadas de modo prematuro por conta da responsabilidade e das preocupações.

E agora, enquanto você vai falando comigo quase sem interromper as frases, percebo que há outra coisa partilhada entre nós dois: uma sensação de que estamos, sempre, tentando reaver o tempo perdido. O problema é que não há, nunca, tempo suficiente para isso.

*

Eu tô de saco cheio desses asiáticos que se fazem de coitados! Foi isso que uma pessoa britânica e branca disse certa vez durante um jantar, *em tom de brincadeira*, claro.

Né? Eu também tô de saco cheio!, respondi, sem um pingo de brincadeira na voz. Estou de saco cheio de ter que carregar para cima e para baixo esta história que me pertence. Eu queria que minha história fosse recheada de detalhes pitorescos, que eu pudesse falar de tataravôs que lideraram campanhas de guerra em terras estrangeiras e retornaram com relíquias e troféus que hoje decoram minha sala de estar. Que moraram em um só lugar — um só vilarejo num só país — a vida inteira, e que se por acaso um dia viajaram para construir pontes ou ferrovias no outro lado do mundo, ainda assim retornaram àquele lugarejo bucólico, onde haveria monumentos em sua glória.

Mas não é isso que eu tenho. Eu tenho você. Você é a minha história. Você é meu passado e meu presente, e é sobre você que eu vou falar.

*

As histórias. As Histórias. Preciso descobrir mais, saber mais, compreender mais, analisar mais, especular mais. Mais e mais e mais.

Este é o meu mundo agora. Passei a equiparar o saber com o viver, e eu quero viver. Você precisa me contar tudo. O tempo escorre pelas nossas mãos. Fica aqui comigo.

A gente precisa fazer as coisas durarem para sempre.

*

Um hábito cultural que eu apreciava na Grã-Bretanha era a tal da *caminhada*. Eu crescera com temperaturas que flutuavam por volta dos trinta graus, e com uma umidade tão elevada que a chuva parecia sempre pronta para cair dos céus. Em tais condições, caminhar não era nada convidativo, fosse por prazer ou necessidade — os únicos que o faziam eram os velhinhos que perambulavam pelo bairro no fim do dia, vestindo regatas brancas de malha.

Na minha primeira caminhada na Grã-Bretanha, durante um fim de semana em que me hospedei na casa de campo da família de um amigo (qual seria aliás a diferença entre "campo" e "interior"?), eu esperava um circuito tão tranquilo quanto aquele que testemunhara nos bairros da minha infância, só que desta vez com uma vista bucólica para plantações de trigo e planícies salpicadas de ovelhas em um pastar demorado. Acabou sendo uma marcha ligeira que durou quase duas horas, a passos constantes mesmo nos pontos em que a terra virava lama ou era invadida por arbustos espinhosos. Meus anfitriões esbarraram com amigos de lugarejos próximos, que também tinham saído para uma caminhada — estávamos a quilômetros de distância da residência visível mais próxima — e falaram sobre marcar um almoço na semana seguinte, ou um jantar, quem sabe um chá da tarde no domingo. Depois de muita discussão, alguém sugeriu: *Por que a gente não sai pra fazer uma caminhada?* Era a solução mais óbvia, a proposta foi feita de um jeito tão veemente que tornou impossível aceitar qualquer outra opção. Tomar um café, alguns drinques, dividir uma refeição — nada disso carregava a mesma qualidade moral de uma caminhada, que ainda prometia como recompensa uma cerveja ou duas ou até mesmo um almoço em um pub depois, um momento merecido de hedonismo após a atividade física da caminhada.

Certa vez eu me peguei caminhando em Gloucestershire com uma amiga que convidara outras pessoas para irem junto com a gente. Era um passeio a esmo pós-almoço sem nenhum destino específico. As pegadas margeavam as bordas do solo recém-arado, o cheiro forte de terra pairava no ar. Vez ou outra o caminho nos conduzia por um vilarejo pitoresco onde havia uma ponte de pedra sobre um córrego ou então uma igrejinha escondida no meio das árvores. De repente uma paisagem se descortinava, revelando a grande escarpa de uma colina, as campinas divididas em pedaços de tamanho idêntico. As pessoas sempre soltavam suspiros de apreciação nessas horas, e em determinado momento um homem do grupo — que nascera no sudoeste do país mas trabalhava havia anos como advogado em Londres — declarou: Eu sei que parece estranho, mas em horas assim eu me sinto realmente *conectado* com a terra. Ele parou de caminhar e admirou a vista, numa comoção genuína frente àquilo que via. Sei que é bem sentimental falar isso, mas eu sinto de verdade que pertenço a este lugar. Como se isso tudo... tipo... *isso fosse meu*.

Ai, não, eu vou vomitar, alguém provocou, mas zombaria nenhuma era capaz de fazer frente à sinceridade daquele homem. Eu me senti enredado naquele seu enraizamento, experimentando meio à distância sua inabalável sensação de pertencimento, e de repente a paisagem não era só bonita: ela se mostrava a mim como um lugar de estabilidade e segurança.

Foi só alguns dias depois, de volta a Londres, que eu comecei a pensar nos meus próprios vínculos com a paisagem da Malásia — com o *campo* da Malásia. Ainda era adolescente quando descobri que cidadãos de origem chinesa como eu não tinham o direito de possuir certos tipos de terreno, extensas regiões de mata nativa ou até imóveis. Etnia errada, religião errada. Não nos considerávamos imigrantes — pouquíssimos imigrantes se consideram —, ainda assim o lembrete estava bem ali. Podíamos ter a nacionalidade, mas não podíamos ter a terra por inteiro.

O problema é que, por mais que existam leis, existe também a sua relação com o *tanah air*, o chão em que você pisa.

*

Às vezes eu digito *ama* e o teclado do celular sugere *amanhã*. Em várias das minhas anotações para este livro, feitas às pressas dentro de um ônibus ou trem, encontro a frase *Amanhã em silêncio*.

Faz alguns meses que assisti a um documentário feito por Tham Seen Hau, uma cineasta malaia, sobre a mãe dela, que vinha de uma família com dez pessoas e vivia numa região humilde de Kuala Lumpur bem quando os conflitos de 13 de maio de 1969 estouraram. Entre as centenas de cidadãos étnicos chineses que foram mortos naquela ocasião estavam cinco membros da família. A partir dali, os cinco sobreviventes nunca mais falaram sobre o assassinato de sua própria gente. Jamais, ao longo dos cinquenta anos seguintes, enunciaram uma palavra sequer sobre a barbaridade que assolou a família. Passaram décadas vivendo a poucos quilômetros de distância uns dos outros, mas raramente entravam em contato.

Pouco tempo atrás, o cemitério no qual essa família e outras vítimas do massacre estão enterradas foi assinalado para demolição a fim de abrigar um novo estacionamento. A cidade está se expandindo e se modernizando, agora todos temos carros, precisamos de mais espaço. As histórias das vítimas já se perderam — seus rostos, suas personalidades, suas risadas, suas comidas favoritas, os detalhes do que realmente aconteceu naquele dia fatídico. Daqui a pouco, também os nomes vão desaparecer. Nas palavras de um dos sobreviventes que aparece no filme, as vítimas vão virar estatística, só mais uma pessoa entre as centenas que foram assassinadas naquele dia.

Pra que remexer nesses problemas do passado? Foi a pergunta que fizeram a Seen Hau quando ela sugeriu fazer um filme em memória a esse trauma. A gente precisa viver no mundo moderno. Nem as vítimas nem os agressores querem ser lembrados dos nossos conflitos do passado — nossas fraquezas, nossa agressão. Não queremos ser definidos pela maneira como a sociedade falhou conosco, pela maneira como falhamos com os outros. Temos que olhar apenas para o futuro.

Eu entendo isso. Mesmo.

Mas, ainda assim.

*

Algumas coisas que eu gostaria que você tivesse me ensinado:

> Imigrantes deveriam declarar, sempre que possível e em alto e bom som, o amor que sentem pelo país. Não fazer isso é um ato de traição e ingratidão. Ao fazê-lo, seu amor, sempre tão complexo e mudo nas outras ocasiões, deve ser performático; a teatralidade faz todo mundo se sentir melhor.
>
> De vez em quando, você deve dizer em voz alta: Tenho muito orgulho de ser malaio/britânico/americano/seja lá o que for. Melhor ainda se conseguir elaborar uma frase inteira, tipo "Sei que este país tem seus problemas, mas, ainda assim, em comparação com a China/o Paquistão/a Nigéria/onde quer que seja, a vida aqui é muito boa". Isso vale mesmo que você nunca tenha morado em outro país — mesmo que você já tenha nascido aqui, de pais que também nasceram aqui, e não faça a menor ideia de como é a vida na Índia, na China, no Vietnã etc.
>
> Faça o seguinte: quanto mais cedo você se considerar um imigrante, melhor. Isso evita aquela confusão que vai surgir

quando as pessoas começarem a dizer para você voltar pro país X/Y/Z. O único problema é que vai ser impossível você se sentir um imigrante — pois esse é o rótulo que as outras pessoas usam para te descrever. Você sente que pertence, de corpo e alma, àquele país, e ele a você. E mesmo depois, quando você já estiver mais velho, mais conectado com a cultura, e quiser reivindicar suas outras identidades, viajar até o país dos seus antepassados, visitar a enseada da qual eles partiram em direção à terra prometida, tudo isso vai parecer meio vazio, meio encenado (e de todo modo a enseada já se transformou em um porto imenso atulhado de petroleiros e navios contêineres, e quando você usa o idioma que aprendeu em casa com os pais e avós, as pessoas da região acham fofo, como se você tivesse saído de um filme em preto e branco). Imigrante, estrangeiro — e qualquer outra variante desse mesmo conceito, tal como aparecerá nas palavras que você ainda vai ouvir — é uma condição que você jamais vai reconhecer em si mesmo, não por completo.

Você sabia disso tudo, mas, não sei se por instinto ou talvez escolha, preferiu não passar nada adiante para mim. Você conspirou, com os meus pais, para me proteger de todas essas coisas, você encorajou esse apego que tenho à nossa terra, que é tão silencioso e fácil que sequer parece amor e sim algo mais visceral, como oxigênio, que eu inalo e sintetizo e devolvo à atmosfera pelo mero fato de existir. Da primeira vez que alguém me chamou de *Cina babi* e eu quis saber se os chineses eram porcos porque a gente comia carne de porco ou por conta de algum outro motivo que eu ainda não conhecia — porque só tinha seis anos, como é que eu ia saber —, você disse: Não é nada não. Você riu e disse: São só garotos, eles não sabem do que estão falando. Essas suas palavras rapidamente desfizeram a minha confusão. Na minha cabeça eu tinha visto e ouvido algumas crianças, pequenas e estúpidas conforme você disse, totalmente inofensivas. Foi isso que fiz para desconsiderar o insulto toda vez que o ouvi ao longo dos anos.

Na verdade, da primeira vez, não foram crianças. Foram adultos que disseram aquilo. Eu nunca te corrigi; estou te contando isso agora.

Pouco tempo depois, quando eu ouvi *balik Tongsan* pela primeira vez, juro que achei que aquilo era para outra pessoa que não eu, talvez um transeunte aleatório vindo de Pequim. Por isso é que ele tinha que voltar para a China. As férias tinham acabado, o voo estava prestes a partir, ele tinha que voltar para casa. É assim que funciona a cabeça de uma criança, ela inventa realidades outras para se proteger, só que às vezes essas histórias são tão frágeis que não conseguem ficar de pé sozinhas, então eu te contei o que me haviam dito. E, de novo, você conspirou para me proteger. *Aiya, voltar pra onde?*, você perguntou, rindo. *E voltar como, esse ônibus não vai pra China não.* Você fez aquilo parecer ridículo, tão ilógico e fantasioso que não havia a menor chance de ser verdade. Mas você sabia tão bem quanto eu que o insulto era real, e que você já o tinha ouvido muitas vezes antes. (Você sempre levava na brincadeira, sempre se fazia de desentendida.) Ficamos os dois na cozinha, aos risos. Você me deu um copo cheio de água de cevada com açúcar e disse: Que tal a gente ir comer macarrão em Pusing, hoje o seu hokkien mee favorito é por minha conta.

Nessas horas, eu sabia que a sua negação do insulto era uma forma de proteção; o seu silêncio era uma declaração de amor.

*

Numa tarde de julho em Atenas no ano passado, quando o sol queimava tão forte que parecia quase branco, eu me cansei de ler e decidi fazer uma caminhada sem nenhum destino específico em mente. Caminhei devagar, pelo lado sombreado da calçada para evitar o calor, tentando registrar os nomes das ruas conforme passava de um bairro para outro. Estou acostumado a climas quentes, mas naquele dia até eu passei sufoco. Arriscar um passeio àquela hora do dia havia sido um erro, e comecei a me sentir tonto enquanto ia abrindo caminho pela rua pavimentada de mármore que levava até a Acrópole. Sentei à sombra de uma árvore, em um banco baixo de pedra, e fiquei observando as pessoas que iam e vinham. Havia um número considerável de turistas apesar de todo aquele calor, inclusive grupos de visitantes endinheirados da China que faziam poses dignas de cinema com o Partenon despontando ao fundo. As mulheres pareciam impávidas frente ao calor em seus vestidos brancos esvoaçantes e seus imensos chapéus de aba mole, os homens em bermudas cargo e óculos escuros esportivos.

Um grupo de três ou quatro vendedores de rua chineses disparou rumo aos compatriotas mais abastados para oferecer ventiladores portáteis movidos a pilha e viseiras de plástico por apenas um ou dois euros. Quem poderia saber há quanto tempo aqueles vendedores estavam no país, ou o que o futuro lhes reservava? Naquele verão, pelo menos, a vida deles se resumia a vender pequenos produtos de plástico para os turistas.

Depois de um tempo, quando o grupo principal de turistas se dispersou, uma das vendedoras veio se sentar na sombra, não muito longe de onde eu estava. Ela ligou um dos ventiladores a pilha e levou-o para perto do queixo, os olhos fechados. Quando tirou o chapéu, notei que seu cabelo já tinha mais fios grisalhos do que pretos. Puxou de dentro do bolso um punhado de balas White Rabbit, desembrulhando cada uma delas com todo o cuidado e olhando longe enquanto saboreava a doçura. *Ô tia*, eu chamei, tem certeza que vai comer essas balas? Tem melamina nelas.

Ela riu enquanto ficava de pé. Isso é coisa do passado, agora eles usam leite da Nova Zelândia. Pode procurar na internet. Ela gargalhou enquanto colocava o chapéu de novo na cabeça. Esses jovens de hoje em dia, vocês se preocupam *com cada coisa.*

Ela tinha avistado um novo grupo de turistas descendo a colina e ajeitou a sacola que carregava a tiracolo. Quando estava prestes a deixar nossa sombra compartilhada, deu meia-volta e me ofereceu um dos ventiladores. Só dois euros, afirmou. Aceitei a oferta e fucei meus bolsos para encontrar as moedas, mas antes que eu pudesse pagar ela disse: Não se preocupa não, toma.

E se foi, num passinho tão afobado que era quase uma corrida.

*

É difícil cravar quando aconteceu, mas a primeira TV colorida lá em casa apareceu no fim de 1983, então deve ter sido mais ou menos um ano depois: estou sentado na frente da TV, a que assisto em toda e qualquer oportunidade, ainda que meus pais sempre gritem comigo para desligá-la, não porque estão preocupados com a nossa visão ou porque preferem que a gente fique estudando, mas sim porque acreditam que o uso excessivo vai estragar o aparelho e eles não têm dinheiro para comprar outro. Nesse dia em especial, me deparo com um cantor dos Estados Unidos. Mais tarde vou descobrir que o nome dele é *Prince*, só que ainda não faço nem ideia de como ele foi parar num programa de televisão da Malásia — uma juba de cabelos compridos e uma energia furiosa e imprevisível que vem à tona quando o corpo se contorce em volta de um pedestal para microfone. Ele tem um bigodinho fino *e* maquiagem no rosto *e* uma echarpe esvoaçante de chiffon vermelho, uma mistura inebriante e desconhecida entre masculino e feminino que só muitos anos depois e com um novo vocabulário eu vou conseguir descrever como não binariedade, ou talvez meio queer, mas por ora estou apenas maravilhado, estou começando a imaginar a forma como quero viver o resto da minha vida. Você entra no cômodo e fica parada perto de mim, olhando para a TV. Nenhum de nós dois consegue de fato entender o que ele está cantando naquele falsete acelerado, mas você sabe tão bem quanto eu que boa parte dos pais daquela época e daquela região considerariam aquilo *inapropriado* por causa dos muitos motivos indefinidos, ainda que claramente entendidos entre as famílias asiáticas convencionais. Vai ver é a aparência daquele homem, a ausência de masculinidade, que parece resultar em uma falta de respeito (com o quê, ou com quem?), um insulto às normas sociais bem ao estilo de Leslie Cheung com ombreiras prateadas no clipe de *Monica*, que também circula na TV nessa mesma época. Eu fico esperando você fazer um comentário de desaprovação ou até me mandar desligar a TV, mas não, você continua ali assistindo a tudo comigo até a música quase terminar.

Você então sorri e diz, em inglês: *Very nice!*, e vai embora, e me resta contemplar as últimas imagens na tela, rodopiantes e multicoloridas, como se envoltas numa fumaça alucinógena.

*

Eu estava dentro de um ônibus em Singapura não faz muito tempo, puxando o meu capuz contra o frio do ar-condicionado. A mulher sentada logo à minha frente tinha os olhos fixos no celular, e por mais que eu tentasse era impossível não prestar atenção naquela cena. O celular não mostrava ninguém, só um cômodo vazio, mas a mulher ativara o alto-falante na chamada e eu conseguia ouvir a voz de um adulto ao fundo. Uma criança, um menininho, apareceu na tela com algum brinquedo de plástico nas mãos, em seguida mostrou o item para a câmera e começou a brincar. Ele estava concentrado no brinquedo e não tirava os olhos dele; era como se a mulher no ônibus não existisse. A mulher disse alguma coisa em tagalo, mas a criança seguia brincando, até que sumiu de vista por vários segundos antes de voltar com outro brinquedo. Eu me dei conta de que a mulher cobria o rosto para esconder o fato de que estava chorando.

Tentei me concentrar no livro que tinha em mãos, porém era impossível ignorar a voz da mulher, ainda que ela estivesse falando baixinho. *Mahal ka ni mommy*, ela disse; e depois repetiu, com mais insistência. *A mamãe te ama.* A criança sequer ouviu, pois já saíra mais uma vez do campo de visão da câmera.

Histórias de pais e mães forçados a deixar os filhos para sair em busca de emprego eram parte tão integrante da minha consciência que jamais me pareceram atípicas. A bem da verdade, elas não eram nem histórias, mas meras menções, como se uma separação desse tipo fosse só mais um fato universal da vida. *Eu passei alguns anos morando com a minha tia. A gente deixou o bebê com a minha irmã por um ou dois anos.* A casual imprecisão dessas narrativas incidentais, resumida em uma frase apressada, é relevante porque põe em evidência não apenas a normalidade da separação mas também o sofrimento que provoca, tão profundo que o único jeito de mencioná-lo é de passagem. Eu nunca quis saber como é esse sofrimento, o modo exato como ele entalhava sua forma na alma; era tão comum para mim que eu conseguia ignorá-lo, assim como fazia com as enchentes durante a época das monções e a falta de água em Selangor. Merdas acontecem, e quase sempre em segundo plano enquanto a vida vai correndo. Direcionamos nossa atenção para outro ponto, ou então inventamos explicações fáceis de engolir para varrer a complexidade para longe. *É a vida. Acontece, né?*

Só que ali dentro daquele ônibus eu vi, da maneira mais escancarada, o que você deve ter sentido — você, minha mãe, meu pai e todas as tias, tios, primos e primas — quando seus pais tiveram de deixar você aos cuidados de outra pessoa, e o que você também deve ter sentido quando chegou a hora de passar meses longe das suas crianças. Quando perguntei aos meus pais a razão pela qual eles haviam deixado o filho de seis meses aos cuidados dos parentes enquanto procuravam emprego, os dois resmungaram frases soltas sobre não ter outra opção. *A gente fez isso pra você não ter que fazer o mesmo lá na frente.*

Na nossa família e em outras como a nossa, a separação é uma declaração de amor. Não só em termos de distância física, mas também na maneira como pensamos. Queremos que nossos filhos e filhas recebam uma educação de qualidade e arranjem um emprego, que possam aproveitar a vida de um jeito que nos foi impossível, sabendo que tudo isso vai criar uma distância cada vez maior entre eles e nós. Amar alguém significa separar-se dele. O futuro acontece à distância, por meio das conquistas deles: são eles que precisam subir na vida. Não há lugar para o fracasso. É isso que mobilidade social significa na Ásia contemporânea.

Quando olho para você agora, frágil, mas forte o bastante para fazer a voz prevalecer por cima do zunido agudo que sai do aparelho auditivo, que aliás nunca funcionou muito bem, me espanta como toda a distância entre nós dois nunca nos fez sentir mais próximos. Eu sei que você consegue me ouvir mesmo com esse ganido mecânico dos infernos. Você sempre conseguiu.

A luz está se apagando e você começa a tropeçar nas palavras. Você ri enquanto relembra episódios da minha infância, minhas travessuras e doenças, coisas que já ouvimos tantas vezes antes. Seus olhos estão opacos e sua voz está rouca. Quando você bebe um gole de água, parte do líquido escorre pelo queixo, manchando sua blusa.

Minha mãe aparece junto com Tio C. A vovó tá cansada, é melhor ela ir deitar, já falou pelos cotovelos.

Você segue falando para preencher o vazio, mas todos sabemos que o tempo acabou. Agora você tem que ir dormir e eu tenho que ir embora, como sempre faço.

Fica mais um pouquinho, você me pede. Vou te levar lá em Pusing, hoje o seu hokkien mee favorito é *belanja.* É por minha conta.

Quem sabe outro dia, vó. Outro dia.

Grafia atualizada segundo o Acordo Ortográfico da Língua Portuguesa de 1990, que entrou em vigor no Brasil em 2009.

capa
Cristina Gu
foto de capa
Arquivo do autor
preparação
Fábio Bonillo
revisão
Érika Nogueira Vieira
Karina Okamoto

Dados Internacionais de Catalogação na Publicação (CIP)

Aw, Tash (1971-)
Estranhos no cais : Retrato de uma família / Tash Aw ; tradução Marcela Lanius. — 1. ed. — São Paulo : Todavia, 2025.

Título original: Strangers on a Pier
ISBN 978-65-5692-875-3

1. Literatura malaia. 2. Ensaios. 3. Não-ficção. 4. Biografia. I. Lanius, Marcela. II. Título.

CDD 899.4

Índice para catálogo sistemático:
1. Literatura malaia : Ensaios 899.4

Bruna Heller — Bibliotecária — CRB 10/2348

todavia
Rua Fidalga, 826
05432.000 São Paulo SP
T. 55 11 3094 0500
www.todavialivros.com.br

fonte
Register*
papel
Pólen bold 90 g/m²
impressão
Geográfica

FSC
www.fsc.org
MISTO
Papel | Apoiando
o manejo florestal
responsável
FSC® C019498